那才是我們
除了啤酒以外
所擁有的
一切

——李睿哲

推薦序

練習成為細碎的分子

你看，我過得比你更不好，我贏了。

我可以比你更不在乎失去你，我贏了。

為什麼我們連孤獨與痛苦都可以比較，卻忘了信任自己可以拯救的任何事物……

打開李睿哲的文字、讓我們忽然可以體諒自己的冷漠，然後被不溫柔的人們經過的時候，悄悄地跟自己說，不期不待地善待身旁無情的篩選，練習成為細碎的分子，逃離我們本來就不必被錯置排列的客製化遊戲。

或許比孤獨更讓人無助的，是不小心強迫自己對周遭的一切一直保持熱情，還好

作者以獨特的避世觀點，忽然解鎖那些我不需要接球的人際互動，每一則文字與故事，一瞬間都替你我還清了必須盡力快樂的義務。

謝謝阿區跟李睿哲，讓我們還有機會，冷漠而溫柔地，讓身旁的浮木隨意留下與離去。

秦旭章

推薦序

直到你「終於不再是灰」

你知道，人生如果沒有那些矛盾，怎麼稱為人生？雖然我並不喜歡認同人生總是辛苦在幸福前，最重要的是至少我們追求著幸福。

在他的文字言談間，總是會感覺到那麼一點淡淡的憂愁，看似不卑不亢地接受了生命本體所帶來不只是快樂的其他，卻在這些哀傷或困惑之間，還能尋得一絲安慰與療癒。

他總是有方法能平衡那些矛盾，生命就該敞開心門接受一切落下的雨滴，但是也會接收到艷陽炙熱的澆灌。

我也從不否認他的多愁善感，更是期待每一次他在這些才能當中勇於赤裸地展現自己。同樣身為創作者的我，也曾在自己的作品當中被救贖，落下的自己最終也是被自己的作品精準地接住。

我相信閱讀他的文章的你，也可以在咀嚼他的文字後，一層一層地感受原來你還不了解的這個世界，或者是在他的故事當中，找到了某一塊你留在過去創傷事件當中破碎的自己。你可以選擇原諒，可以選擇前進，可以選擇遠望，直到你「終於不再是灰」，直到你不再分身現實的自己躲進解離的虛幻過往。

我更喜歡他用來陳述日常的那些句子和細微的觀察，所有的不經意都變成故事書當中豐富角色的配備。可以感受到微風的銳利，卻猜不到暴風雨中隱匿的風平浪靜。

魏如昀

作者序

用文字確認自身的存在

嗨大家好，我是李睿哲。

雖然說要寫序，過去也曾幻想過好幾次自己寫序的樣子，但到了「啊，終於可以跟大家好好說說話了」的時候，腦袋卻一片空白。

整本書裡描述的事物大部分都跟「孤獨」、「成癮」有關，這確實是我人生某一部分的投影，但我並不是一個完全在孤獨的環境下長大的孩子，真要說的話我是在某個青少年的時期突然被拋到了一個令我「不知所措」的世界裡，我在那裡一個人起床、一個人上學、一個人回家、一個人吃飯、一個人看電視、一個人生活。所有的事情我幾乎都是一個人完成的，我仍然能正常地跟別人說話，但我無法跟任何人交流，也打從心底無法相信任何人會陪伴我。那個時期的生活在我身上殘留了很多東西，可能也傷害了我，我在那個地方長大成人，接著我開始用阿區或是本草收藏家為筆名來寫東西。

雖然寫成了這樣，但我並不是想傾訴說我遭遇了比別人多的痛苦、孤獨，我只是在長大的某天突然無法理解這個世界，原來這個世界跟我一直以來想的並不一樣，我對這個世界很失望，也對自己很失望。

那個時候我一直依靠著看「村上春樹」的書往前走了下去，雖然有點極端，但甚至可以用「活下來」來形容，或者更精確的說法是用他描述的事情來確認我自身的存在是「真實」的，有點像是抱緊那唯一能抓住的浮木。十九歲那年我一個人獨自看了快六百部的電影，其中一個原因是只要看電影我就可以忘記自己的存在，把所有的自己投入到螢幕裡的故事。

老實說，我並不是一個對文學有著深遠抱負的人，也沒有覺得做這些事情會讓我看起來比較有層次，只是在那個時候，那裡是唯一願意接納我的地方。我成了沒有任何地方可以去、退無可退地依賴寫作讀取文字、音樂或影像存活的傢伙，那個時期我不停地掙扎、寫東西，然後走到了現在。

我曾想過這本書的存在，能陪伴正在看這本書的你們，內心同樣年輕、孤獨、迷惘、充滿混亂、無處可去的那部分，當你翻開這本書，不管是出版的這天還是十年後，有一個人也正跟你想著相同的事情、陪伴你內心裡頭大家都閉口不談的部分。不會跟你說一切都會沒事，也不是教你應該要怎麼做（我也沒那麼偉大），而是「對，我也有過這樣子的感覺。」就像那些電影跟那些書對我做的事情一樣，僅僅只是陪你路過你的低谷。

但或者，你們想把這本書當成怎麼樣的故事來看都可以。

來說說想謝謝的人。

在瘋狂寫東西的這段日子裡，我想我可能多多少少有一點才氣，當然我也自認努力，但更多的是幸運，受了很多人的幫助才有了這本書的誕生。

謝謝我的爸爸媽媽，願意忍受他的兒子在準備國考的時候，整天不務正業寫一些有的沒有的東西。

謝謝我的兩位姊姊魏如萱、魏如昀，在創作的路上給我的鼓勵跟支持，還擔任了這本書的推薦人。

謝謝我的兩位大學同學聖達跟包包，出社會後，在不論是不是創作的過程中，總是一直跟我說我會成功，然後在我困頓的時候和我練蕭威。

謝謝無人知曉的B曾經不顧一切地鼓勵我。

謝謝推薦人們，葛大、建騏老師、旭章、黃繭、溫如生、壹捌零參、許含光，內心覺得受寵若驚。

謝謝時報出版的總監、編輯、企劃、封面設計吳佳璘，還有版面構成林曉涵，雖然是我的文字，但是是一起完成的作品。

然後真的很謝謝在「本草收藏家」一路陪伴我的讀者，內心相當珍惜（尤其是最早期的那些人），真的很謝謝你們，這本書是獻給我自己也獻給你們的。

謝謝阿區。

我並不會說這是我二十幾歲時的全部，但這終究占了那時的好大好大一部分，關於迷惘、孤獨、迷失、無處可去。希望正在看這本書的你能夠享受我這幾年來任性的文字，如果他們也能恰好陪伴你走過你的某些人生，那就好了。

李睿哲 eraser

目錄

輯一　你要成為冷漠但溫柔的大人

輯二

川流不息的那些人們

輯三

失去的日子多過相處的日子

輯四

沒有全部是烏黑的河，也沒有永遠透明的海

輯一

你要成為**冷漠**但**溫柔**的大人

那才是我們除了啤酒以外所擁有的一切

那時的禮拜天，我開著車和他們一起上山，那裡很美麗，沉默的大樹，叫不出名字的鳥，還有一望無際的孤獨，就算站在這個世界上最高的地方裡也好像找不到快樂的方法，但無所謂，其實很多事只要說聲無所謂，就好像賴皮似地獲勝了，而很多人就那樣賴掉了大部分的人生。

你覺得悲傷的東西其實佔了人生的大半，而那些很快樂的事情就是偶爾才會想起。但說真的，即使只擁有那樣片刻的永恆也可以回憶一輩子，足以讓我走過過去與未來無數兵荒馬亂且殘破的時刻。即使一句話也不說我都記得曾經愛過的一切、養過的狗、那些濕漉漉的夜晚。當我買著愈來愈多的奢侈品時，我曾試圖說服自己變得更加富裕了，也擁有更多了。但我真的愛過自己嗎？還是我其實一直愛著自己比愛著別人多？又這些我的感受真的重要嗎？都是些只有我會在乎的答案。

當蘿絲輕輕地親吻我的臉頰時，我並不真的特別感覺美好，那些不再害怕的東西、我死去的名字、說好要永遠記得彼此的人可能都已經忘記對方的長相了，雖然山頂上的我們一件害怕的事也沒提起，我們假裝世界很美好，假裝正義應該被執行，假裝罪惡會被誰消去，假裝我們的名字曾經會是某個時期不平凡的產物，但我們除了自以為是跟變老以外，幾乎一無所有，但確實，有些時刻值得安靜的紀念。

那天T掠過我房間那變得有些髒汙的落地窗時對我大喊：「嘿，喝杯酒吧？悲傷時就喝杯酒吧，那不是我們唯一僅剩的東西嗎？」雖然他這樣說，但我知道那並不是正確的，我們除了酒以外，還有逐漸隆起的肚子、開始失去彈性的肌膚、無法一夜數次的悲傷、不再輕易受世界情緒起伏改變的人生，那才是我們除了啤酒以外所擁有的一切。

我記得那時所有的東西都是安靜的

很久沒有那樣說話了，不小心就用了過於誇張的大笑掩飾時間勾勒出來的裂隙。對話這種東西，大部分是兩個人的丟接比賽，我丟一個，你接一個，你在接住的那顆球留下一些字跡再傳回來，而能跟任何人玩起丟接比賽是一種天賦，但能找到一個中場休息時、背靠背坐著也不需花費力氣傳接球的隊友是種運氣。說起來，我們都是被某些沒有人在意的事情逼到無處可逃的人，以為自己是個孤零零又有點特別的青少年。

那個時候只要坐著就好了，坐在狹小的地板空間，與聊著奇怪事情的朋友，不小心就會看見宿舍窗口外的田埂邊界慢慢露出曙光，濕氣淡淡地黏在玻璃門上，那個時候我們還會蠻不在乎地喝啤酒。

後來我們就要變成以前有些唾棄但也有些恐懼的大人了，我以前以為大人是更成熟或是更世俗的樣子，但出社會後才知道，我們就是每天跳入一堆麻煩堆裡，然後再跳入另外一個麻煩堆，偶爾又製造一些麻煩，在那樣的世界裡不斷的輪迴。我有時候以為以前年輕時那個永遠沉默、無法跟任何人好好說話的自己其實並不存在，只是我某天夢裡夢到的東西，那是否提醒了我必須努力記起自己曾是一個沉默的青少年？

而我們還是很少見面，其實大學時也不是會混在一起的那種朋友，畢業後更久，大概一兩年才見一次。但加加減減的零碎時間遇見時就是能安心的聊著各種事情，說起來，有些人只要久久見一次就夠了，太過熾熱的摩擦有些東西到最後就會變質。

而我們都是就算變的孤獨也不會真的死掉的那種人，而習慣跟不習慣孤獨這件事，就本質而言沒有任何的高低，只是生長環境把我們變成那樣的人罷了。

我們走的路雖然遠，但卻不一定是深的

曾經我覺得路很遠，也為了許多不知名的原因把一切都給了別人，是真的真的什麼都給了，好的壞的，大的小的，重要的不重要的。到底為什麼要這麼做，說真的到現在我也不真的了解，除了我始終固執到無法放棄的事情以外，好像其他一切都無所謂。但這些都跟任何抱怨無關，我只是想在我有限的年歲裡努力靠著自己活著，又能做好那些我一心想做好的事情，也就只是那樣而已。

不論要多久。

後來覺得日子是條碎河，現在是，過去是，將來應該也是，彎彎曲曲的，後來河就結冰了，我也變成別人路上一顆顆碎裂的石子，走的路漸漸地短了，日子過的長了，了解走過斷崖、跳下瀑布會發生什麼事情，也就了解快樂的石子很難發現，能拾起的時候就要心滿意足地打個呵欠。

家裡養的盆栽還是那樣綠綠的，偶爾還是能聽到喜歡的歌手出新歌，我喜歡的作家好老好老了，但他們還是繼續寫著書。你知道世界是正在改變的，但有些事是永遠不會變的，那或許不是我愛你，我愛你終究是一個想像比例極高的詞彙，你站在最遙遠的地方擅自想像另外一個人的樣子，那並不是日子真正的面貌，你靠著那些自以為和誰一起活過的少少日子走過大多數孤獨的日子，但其餘的日子終究也不能真正被誰佔有。在填滿酒精與情人牽手交錯的映畫後，我已經無法再跟那樣的誰打招呼，連舉手都覺得麻木，遇見不同的人也只能擁抱疲憊，要不就獨自撐傘，要不就為誰淋雨，要不就躺在床上反覆滑那些重複的影片直到假日「咻——」地變短。

走吧走吧，說起來我們終究不能只過開心的日子，太多的事情會變了，光是活著就費盡力氣了，光是變成大家眼裡正常的大人我也已經很努力了，雖然說了這麼多，但其實大家都是這樣活過來的。

俐落且可靠的大人

終究要走上愈來愈艱難的道路
撕著日曆紙的當下痛苦就麻木成舟
被日子默默地燙也當作沁得冰涼

淡忘了是為了生活
或者只是
但忘了是為了理想

在升旗手蹺班的當下
窗戶外的雨漫無目的婆娑
而新鮮的故事終究都要走向潮濕
我們始終還是能愛上些什麼
疲累時就奮力吸一口貓
在被某些人的話語傷害的東倒西歪時全身而退

生活是首歌
邊哭邊自嘲邊唱
最後就能變成俐落且可靠的大人

對你說的你好嗎其實也是對我自己說的

我想是這樣的
總是希望在寂寞的時候
有個人能跟他問個安好
對你說的你好嗎其實也是
對我自己說的
已讀瞬間的驚喜
是星期五藏在地窖的紅酒櫃

我想是這樣的
我們還是要面對無盡的朝陽與夜晚
綁著深藍色絲綢的禮拜一
一群人都假裝不麻煩的公司聚會
你知道劃開傷口就會有血

但不劃開傷口
流下的東西也是
輕飄飄的

我想是這樣的
人是不會死的
就算走了一千萬里
腳也不會斷
死亡跟變老
都只是一瞬間的事
我只小小的希望
大家唸起你的墓誌銘時
有些人會哭
隨即又默默地笑

我想是這樣的

彈弓、汽水
芭比娃娃
在舊靈魂的童年都不可或缺
那個時候
我們都以為
有些東西會
永遠存在

用各自方式孤獨

高中的時候我一個人在離家很遠的地方讀書，一個人住在某棟小小的公寓裡面，一個人住、晚上一個人吃飯、一個人去補習班、一個人回家、一個人聽完廣播、一個人睡覺，這樣的時光大概過了兩年半。

那個時候我徹底地感覺到所謂「深深的孤獨」這件事是怎麼回事。

到底是怎麼樣的狀況現在已經難以解釋，但我深深記得那個時候跟我高中的同學說時，他們無法理解一個十五、六歲的高中生一個人住到底是一個怎麼樣的狀況，大部分的同學聽到我一個人住的時候都是說：「幹，怎麼那麼爽」、「幹，那不就可以坐在客廳打手槍（我唸的是男校）」所有人想到的都是一個人住到底有多爽這件事情，但那段時間我感覺到前所未有的孤獨，只要回家的時候這個世界就安靜得不可思議，感覺不論你多用力做了些什麼事情，這個世界也沒有人會給你任何的回應。

我在學校跟同學相處的情況不錯，雖然有點影薄，但幾乎沒有與任何人交惡，體育課打籃球的時候，如果風雲人物被別人選走了，也會有人願意跟我組隊，上課分組的時候我也不太會落單。除了經過幾個高年級的教室會被學長無差別地嗆「看三小」之外，幾乎沒有人會對我施暴，那個時候有同學的腳踏車被丟到樹上，也有同學在午休的時候被別人叫去廁所，我很慶幸這些事都沒有發生在我身上過。

雖然跟大家相處得不錯，但卻沒有任何人理解我的孤獨，大部分的學生都是從家裡來上學的。我並不責怪任何人，誰會想去理解一個在學校裡有點安靜的高中生在想什麼，你並不是誰的親人，大家也都擁有自己的煩惱。

那時真的孤獨到受不了的時候我就拚命看小說、漫畫，名叫村上春樹的作者非常喜歡描寫孤獨的人類，只要看到二十幾年前寫的小說裡也有同樣孤獨的傢伙，我就相信這個世界上其實擁有著各式各樣孤獨的人類，大家只是各自用自己的方式在孤獨著，只要這樣想我就覺得自己不是那麼孤獨的人了。雖然如此，但看村上春樹的書這件事情在學校卻從來沒有說過（班上的風雲人物宣稱看村上春樹是很假掰的行為）。

那個時候我靠著看村上春樹的小說跟漫畫活了下來。

後來我開始寫東西有很多理由，但其中一個理由是希望同樣孤獨的人看到我寫的東西時，他會知道這個世界上也有很多因為不同理由而孤獨的人，大家可以陪著你一起活下來。

如果可以的話。

討人厭的小士

如果有一天有人問小士為什麼喜歡參加球隊，他會毫不猶豫地在三十秒內說出他喜歡打籃球的原因。至於我的話，我不喜歡打球，討厭汗味，也厭惡碰撞。

我想我一輩子也不會喜歡打球，其實確切來說，我不太知道我喜歡什麼，但說到討厭的東西，只要一觸碰到的十分鐘後我馬上就能知道，直到我進入棺材前，我都不會真心喜愛這件事。

但我還是加入了球隊，待了兩年半之久。

像我這樣沒有毅力，除了懶散跟閃避麻煩以外沒有任何特點的人，為什麼願意持續做著一件我如此討厭的事情呢？

憑良心說，打從心底說，無論從哪個方面說，我都很討厭小士。

但我想變成他。

升國中的暑假，通常是小學生第一次準備換學校就讀，但我的情況比較不同。小學轉學的次數多到數不清，父親的工作經常要跑案子，每當父親跑一個新的案子，我們就會舉家搬遷，而我就必須去新的地方念書。小朋友通常最純真，也最邪惡，那個時候的他們通常不會知道自己做的事情會不小心就讓一個人一輩子都得背負著那個傷口活下去。

我很快就被霸凌了。

一開始的時候很難受，那種感覺像是胃酸都要從嘴巴裡噴出來的痛苦，每天躺在床上的時候，我都感覺到自己身體不停不停地縮小，如果有一天能縮小到消失在這個世界上就好了，小學時期的我經常這麼想。

但我當然沒有縮小成拇指姑娘，所以我還是每天懷抱著恐懼與痛苦去學校，直到我終於找到了生存下去的方法——找出班上的老大，跟他打好關係，不論用什麼方法。

我曾經以為這個世界就是這樣運行的，直到升國中的時候，我遇到了小士。

小士是一個特別的人，與其說特別，不如用奇異更為適合。

小士平常並不是一個多話的人，但如果你問他一個問題，他會毫不猶豫地說出他內心的想法，儘管他的想法有時候有些奇異，甚至可能會有點冒犯人，但他總是能輕鬆說出自己想表達的東西。

老實說，因為這個緣故，我對小士產生了好奇，我加入了小士待的球隊，看小士平常會看的漫畫，當我回過神的時候，小士已經變成我最好的朋友了。

當某天比完國中地區性的比賽時，小士一邊拿著毛巾擦汗一邊對我說，「阿史雖然眼神看起來有點冷酷，卻也是個可靠的人呢！」那個時候我真的很高興。

因為小士從來不說謊。而我從小到大卻把謊言當成我生存的工具。

雖然小士把我當成好朋友，我內心也很慶幸有小士這樣的朋友，但我心裡的某一部分卻無法控制地討厭小士，忌妒小士可以這樣輕鬆的、想說些什麼就直率地說出口，關於這點令我感到自卑，也無法控制地厭惡自己。

小士在二十五歲的時候死了，是誤診。診所一直判斷是感冒，但其實是腦炎，他在某天趕電車上班的時候跌下月台，而電車剛好進站。

我跟小士國中畢業後念了不同縣市的高中，從那時候就沒再連絡了，不曉得他剩餘的人生中是否一直維持著他的講話風格。

我會一輩子記得你，小士。而我也僅僅只能用這個方法紀念你。

成為朋友的原因

「覺得自己是多餘的日子並不好過。」我說。

「那當然。」菲。

「其實成為日子裡的一份子時，大部分的時候都是這麼一回事。」菲。

「如果不找些沒什麼所謂的事情來誇耀自己的話，很多時候都會撐不下去。」菲說。

「我也是那種人嗎？」我。

「當然啊，阿區。不只是你，我是啊、你是啊，世界上大部分的人都是，而剩下的人只是裝出不在意的樣子而已。」

「但到最後，我們終究會承受無處發洩的痛苦，也依然會覺得自己稀薄。做出那些看似愚蠢的事情，也理解自己擁有某些永遠都改不了的缺陷，但我們還是會去上學、工作，變得更蒼老，可能也想過死亡，但不變的事情是——」

「我們最後都還是活著。」

「而這就是問題所在。」菲彈了一下手指，但沒有什麼東西被變出來。

「妳好悲觀啊。」我說。

「當然。」菲看起來像是喃喃自語。

「你是永遠無法對誰傾訴痛苦的那種人，阿區。但你想說的我都替你說了。」菲說。

「那就是我們會成為朋友的原因。」菲做下結論。

明明要寫歌了我卻在這裡寫詩

我的名字終於成為一場
大家不情不願參加的葬禮
在法國養的貓住在
滴著雨水的塑膠鞋
所有的人百無聊賴地站在雨中
他舔拭身體的皮毛
大家都濕漉得
不知如何是好

那些沉默的人變成
沉沒的人成為
想說話的人變成
想索謊的人成為

愛說笑話的人變成
只愛說笑的人
最後所有的名字掉落在同一個盡頭
我們又愛又恨
孤獨時期望有人拍肩
發瘋時希望能躲入牆角

王國的貓在尋找掉落的單眼相機
那時所有的東西都還無法刪去
暗房依然擁擠
每個人隔了一間無限大的房間
時不時地把自己
關在裡面
你總是懷念過去卻也
放棄不了便利

而我們終於在愛裡變成
更加看不清自己的人
一起去逛再也不會來第二次的香水店
一邊噴一邊說著高級

月亮

可後來就漸漸活成了
失去稜角的月亮
也學會
失去地球保護的時候
懂得保留
一個太陽照不到的半圓
獨自躲在裡頭
凝結成霜

會陷落的終究不是
躲在寧靜海裡對人指指點點的化石
最後選擇拔掉氧氣面罩的太空人
終就不須假借他人之手

倘若想金身不壞
防腐劑需多吃

那凹凸不平的表面
終究會被別人訕笑
即使那些凹洞
都是別人踩出來的

如何向人解釋
嫦娥與月之女神同時存在的意義
中秋節一過
兩人就躲在暗處
比誰的讚數更多

親愛的　下大雪的時候
把名字收好

把腳步踩穩
跌倒的時候
把眼淚忍住
幸災樂禍的傢伙
只要看見別人痛苦
就笑的比誰
都還要快樂

客製化

那座天橋被拆了。

每次從木柵要去大安區的時候，都會習慣沿著台大的路線騎，這樣說起來有點像是虛榮，但其實只是習慣，習慣從一條熟悉的路到達另外一條路，再平順地抵達目的。辦完事轉身回家的路上看不見那座天橋，總是左彎的街口少了一個地標，那條街口看起來變得平凡。而上次在台大附近見到一群乖乖排著隊、牽著線過馬路的幼兒園學生，一瞬間感覺到我們也已經是大人了，雖然說是大人但心裡卻帶著些許的殘缺，變成大人的開始是這個世界沒有人會解釋你的疑惑，而這座城市也沒有準備陪著你變老。

長大後瞭解的一件事情就是這個世界並不是講求客製化的地方，這個世界確實缺少量身打造這件事，我們運動，我們考試，我們列隊，選好的課綱、受過的教育、評選成績的標準，而達不到的人會被責難，說起來我們終究是被這個社會放在篩子上篩選出來的人。雖然我在長大的旅途中也遭遇不少磨難，心裡懷抱著痛苦與孤獨，身上的碎屑隨著長大不停地剝落，但我仍然幸運且平安地活到了現在，沒有什麼特別的原因，我只是在被摧毀的時候剛好找到了拯救自己的方法而已。

後來想起和你一起交換痛苦的那段時光，那是兩個人對彼此有了基本的信任以後才會做的事情，但我其實只是聽你說。說起來我仍然不習慣對人攤開手掌，這件事情對我來說沒有什麼不好，沒有辦法說的事情就是無法說出口，我不需要放開心胸也能存活，就算痛苦一輩子都不會好也沒關係，我是真的是這麼想的。而他們也不是任何人該承受的東西，就算把他們都帶進墳墓也無妨，即使像我這樣的人也能好好地對待別人，我就是打算變成這樣的大人。

你知道嗎？在打這些東西的時候我覺得我的身體正漸漸地變得像顆石頭，有時候我是真的很習慣，自己看起來像一個大人。

試圖走遙遠的路，但遇不到遙遠的人，卻又一直寫遙遠的歌

日子有時候太長了，也覺得有點累，我想下樓去買瓶冰啤酒，卻沒有力氣。

有時候覺得面無表情地工作也不錯，就算不跟人交心也無妨，只要大家都是誠懇待人就好了，我們仍然可以愉快地把工作完成，聊些什麼人生的瑣碎，到最後人生似乎也就剩下那些瑣碎。一同來到一個地方，把那些工作完成，那時候我覺得日子是向陽的。

那個時候我覺得路還很遠，後來好多人結了婚，他們從我的後面流出，又流到我從沒看過的地方，我只能聽他們的聲音，寫那樣的故事，想像那樣子的人生。

後來有一個人離婚了，她跟我說了她人生裡的所有苦痛，但苦痛太多了，裡頭滿的裝不下一片海浪，我也只是她生命裡的一粒沙，與其面對苦痛，不如努力為其他事物而活。「寫首能讓我晚上喝酒時聽的歌吧！」她那時候這樣說。

我回想我年輕時到底都在做些什麼，但卻是迷茫又模糊。說起來，我們總是試圖走遙遠的路，但遇不到遙遠的人，卻又一直寫遙遠的歌。

後來他們的兒子大了，大家都老了，也變得務實了，她找了一個老實人嫁了，我很為她高興。

「寫歌吧！」她說。她去了我去不了的地方，生活中的柴米油鹽，而我所剩的不多，只能寫些東西來懷念她。

待在波濤洶湧的日常與無人言語的世界都是同樣需要努力的事

日子愈來愈像波濤洶湧的激流，走的時候經常踩不住腳，但就算跌倒了也不覺得那是真的刮傷，只是對於每天必須重複運作的事感到些許疲憊。所有的事情都會習慣的，只要保持相同的阻力，就算長期背負著重量到了最後也會覺得不算什麼，告訴自己那就是生活的真面目，而我也跟所有人一樣踏在那浪上頭，偶爾輕盈，偶爾被潮水覆滅。

後來也就習慣了看一樣的影片，聽同樣的音樂，讀同樣作者的書，走一樣的路下班，吃同樣健康的宵夜，聽久了他們就變成老歌，變成無人知曉的作者，變成跟同樣年紀的傢伙聊天時可以拿出來的話題。那些年輕的靈魂猝不及防地走進了我們的身體，我們被生活靜靜地撕破、變老了，他們卻永遠年輕地活在我們體內，抱著他們倒在疲累的床上，偶爾幻想我們曾經年輕又無知，而他們比我們更記得舊了的自己。

「你還愛我嗎？」不知為何很少再聽到這句話了，不論是電影還是戲劇，好像那樣的感覺都很淡，所有的口語都是會過期的，而日子同樣也是，那不是買了幾顆鳳梨罐頭就能了結的事情，但總有比那樣子的東西更安靜也更像潮水的日子，比如兩個人撐開雨傘一起看歌仔戲，比如相隔十三年才見面的補習班情侶。後來想起大學時為情侶朋友寫的故事，我一直沒告訴他們最後我把他們寫分開了，因為寫到最後那樣的故事只能是分開。他們最近要結婚了，我覺得那樣很好。

還活著的時候偶爾會對自己還活著這件事情感到幸運，總有些陰暗的道路曾經那麼幽幽長長，看不到彼岸，很高興我們都走過來了。

既不燈火也不闌珊

你終於變成一個無法做夢
也不願意流淚的人
冷靜地接待所有現實會出現的惡意
成了不願意在葬禮上多付10％服務費給孝女白琴的
那種奧客
一個不輕易哭
一個不輕易花

假定你在乎：
不需要擁有道地的戀人
不需要挽著誰的手臂逛夜市
不需要在出發旅行的前一晚塗指甲油
不需要真的成為誰心裡的慾望

不需要小心翼翼地哭了幾世紀
才能理解
原來我們的浪漫
其實既不燈火也不闌珊
而我也當不上K歌之王

別變成真正傲慢的那種人
但要適時的冷漠
所有的親密暱稱都有使用期限
即使你已經習慣挨著遙遠的話題存活
變成容易衰老的那種名字

你要成為冷漠但溫柔的大人

「我一直想成為冷漠但溫柔的大人，因為我無法對人熱情，但還是想溫柔地對待別人。」

那是過了很久很久以後的某一天，E突然對我說的話，說這句話的時機有點錯愕，因為基本上她的沉默是從裡到外的那種。

我想這句話我會記一輩子。

你看不出這個人在想什麼，或許她其實也什麼都沒在想。走廊上排隊時、下課回家的路上、坐在補習班教室的椅子上，你看到她的頭會漸漸歪到一邊，眼神會飄來飄去，思緒看起來就會跟著飄到其他地方去。當老師點名請她起立回答問題的時候，她的臉會皺在一起，一個字一個字地說得很慢。那個時候全班的同學都會笑她，她似乎也會覺得這是個安心的情況，所以就跟著笑了。

但我不相信她什麼都沒在想。什麼都沒在想的人怎麼可能每次作文課的時候都能寫超過三千個字？寫到最後都還要跟老師要稿紙？

當我問E妳哪來的想法寫那麼多東西的時候，她說她也不知道。

我也記得第一次跟她接吻時嘴唇的氣味，但我更無法不在意的是她驚訝而僵硬的臉。

她幾乎不曾對任何事情發表過高見，那麼會寫東西的人卻一句話都不太會講，實在很神奇，但卻會在我很難過的時候溫柔地抱抱我。

「我會寫很多東西的原因，其實只是因為我是個殘缺的人，因為我無法跟別人好好講話。」這是交往第五個月的某天E突然跟我說的話，那個時候她的話已經變得比較多了，雖然還是很少，講話臉還是經常皺在一起。

妳知道嗎，親愛的E，雖然妳覺得自己很殘缺，但我卻覺得這是妳如此美麗且迷人的原因呢。

好久不見

反覆瞪著手機上的通知提醒
忽然就忘了那些
在夜裡對自己複誦到頭皮發麻的語句
瞬間寫好的論文在腦中成形
又被擦去

我把所有的不堪跟勇敢都獻給了你
翻遍了
所有的承諾
上頭的清潔劑滑的像是
我們不曾
一起頹廢過

所以我回去看了說好要一起殉情的糖果屋
坐在廢墟上打著飽嗝的螞蟻
一邊恥笑
一邊把我們的滑稽
啃得一點不剩

所以默默仰望著攀爬高峰的語句
回應只是冰冷
那些所有看似禮貌且寒冷的字句
都曾經火熱的把我燃燒殆盡

只有圍著火爐的小精靈才知道
熱情與魯莽常常就會不小心變成
同一件事

好言好語

不知不覺就寫了一百封信
但我不確定裡面有沒有你
所有的明細隻字未提
就像應酬時習慣避開的那些裂隙
萬一你所有的日子就剩下好言好語
也就只會剩群組的賴響個不停

看了習慣的東西就還是不知不覺依賴
隔了幾年的日劇還是會栽在心裡

你不發芽
我不澆花
玻璃雖然碎了一地
但一點黴也不發

也不代表所有的日子都是純潔無瑕

而我們終於更加公道與殘忍
也開始奢望冷漠與親切
在每日反反覆覆的話語子彈裡
沒有一顆漏接
隨後想起自己終於誕生的日子
是在第一次受傷那天

都只能是自己的故事

來到台北過了一段時日，不知為何尚未感受到台北的忙，可能是我住在山上，所以離台北的緊繃有些許的距離；可能是工作的地方離住處很近，我省去人生裡搭車的舟車勞頓；可能是這個城市的大多數人很沉默，住在一個密度比其他地區都還要高的區域，人與人之間靠得更近，但說的話更少。雖然偶爾也有不客氣的人，但大部分的人都是禮貌的。習慣沉默的日子，大家都忙著自己的事情，這樣的世界，你走過誰的身邊，旁邊的誰也不會看一眼。

最近又回過頭看《國境之南、太陽之西》，有點忘記重複看了幾次，說起來比起看很多書這件事，我比較像是喜歡的書能重複看很多遍的那類人，想起那時我很尊敬的作者說過他曾經恨透《國境之南、太陽之西》，我們曾經活在傷害別人與被別人傷害的世界裡，有些人就那樣變成一去不復返的人，帶著那些東西直到老死。

寫東西的時候手在輕微顫動，已經上了好幾天較長的班了，雖然疲累不是沒有，但至少覺得是值得珍惜的工作。生活有些微的結，但大抵上也照著我想要的日子前進，希望明天醒來的時候人生是向陽的。

我的一位朋友常常跟我說他想要自殺，他很認真跟我規劃那樣的細節，一項一項仔細說給我聽。

有天我就再也接不到他的電話了（他當然現在還活得好好的），我想起有次接起他電話的時候他說：「你那麼喜歡寫東西，那為什麼不了解我的痛苦？」但大多數的時候，我們只能理解我們能理解的苦痛，真正了解你的人或許並不存在。你看的電影、聽的歌、讀的小說，他們都只能是自己的故事。

二十歲後的一無所獲

那個時候我大概二十歲，在一個對人生的一切都很混亂的高峰，雖然上了大學，但我沒有好好地到大學上課，也沒有思考過自己的未來，只是整天無所事事地看電影，像是沒有任何未來那樣的把身體投入到電影的放映框裡。儘管如此，看的也不是什麼大家特別稱頌的電影，只要電影院今天上了什麼，我就看什麼，那個時候我都是這樣度過的。在沒有打工也沒有去社團的期間，我幾乎不跟任何人講話。

說起來也奇怪的是，那時幾乎已經放棄課業的我，仍然反覆地去著學校的音樂社團，不知為什麼退社這件事情就是說不出口，只要打電話過來說：「欸！今天表演還缺一個鼓手（有時候是打擊）喔，你能來嗎？」我幾乎就會反射性地說出好。而那個時候與其說享受音樂，感受到的更偏向於陷入一場又一場社團裡部門與部門、人與人之間的權力鬥爭，我想那有點像是出社會前的最後試煉，只是我尚未理解自己正準備踏入那樣的風暴中，我對這樣的事情感到很疲憊，跟我一直以為能單純享受音樂這件事情大相逕庭。

最照顧我的打擊學長在大三的時候車禍死亡，我費盡了那時的所有力氣去參加了他的葬禮。而我唯一還會繼續留在社團的原因可能是他們還找不到替代我的人，他們暫時還需要我，而這件事情可能是這個世界上唯一會讓我確認自己存在意義的事情。

我對這個世界的一切感到懷疑，但更大部分的時候是我無法確定自身是否真的存在，我認識所有同年紀的人看起來都過得很快樂，拍著合照，也談著戀愛，那到底是什麼樣的感覺，我確確實實無法理解，除了拚命地看電影跟小說，我找不到拯救二十歲的自己的方法。

一直過了很多年，我仍然沒有像電影情節那樣命中注定地遇見誰，也沒有被誰遇見，所謂浪漫的天長地久，確實只屬於擁有帥氣的王子與美豔的公主。

也不知怎麼的，那時候的日子就這樣睡去了，而我也一覺不醒。
到了最後除了變得更老跟徹底習慣孤獨以外，我幾乎一無所獲。

社會化

把昨天的日子校正成今天
多餘的東西就生一口悶氣
所有割掉的邊都太像冒險
把自己騙的更無奈一些
習慣每一天都是四月
說出各種謊言也不會覺得羞愧

用同一種語言講不同的話
比起適合的產品
你知道人更喜愛打躬作揖
世界上已經沒有什麼事情
除了錢以外還能讓人彎腰
你看不見
我早已瞎

開始習慣輕微地厭惡自己

對不起
你說的那些熱血的人
一個一個都走了
他們不是帶著熾熱的心臟從塔頂跳下
就是和我一樣失去了心臟地活了下去

我早不期待單純的戀愛
會被傷害的東西遲早變形
只是捷運上看見旁若無人接吻的高中情侶
還是不免羨慕起他們

很抱歉我無法再去偷看你的臉書首頁
只要看見你還充滿夢想閃閃發光
我就會死

輯二

川流不息的那些**人們**

就算我是個骯髒的傢伙，應該還是有權利對著誰說晚安吧！

DEAR阿區：

我想我終於把《發條鳥年代記》看完了，這件事情花的時間比想像中的還要長，那個日子久到連我自己都覺得驚訝，經常懷疑自己是不是老了，已經無法再被什麼感動了。或是某天身體突然變的透明，身體裡的某些器官被偷偷替換掉了，就像在下班回家的路上，有一個人一瞬間把你拉進了黑暗裡，拆掉了你的心、腎、言語、嘴巴、性器官，換成了其他人的。某天早晨醒來的瞬間你就發現你已經認不出自己了，洗臉的瞬間認不出鏡子前那個削瘦、有點冷酷的自己；也不再愛吃咖哩飯了，每到放假時總會去的抱石也顯得軟弱無力，明明平常都能輕鬆完成；不再有性慾，也不趁夜裡的時候躲在宿舍的床上偷偷自慰。我是不是變成了另外一個人？靈魂與肉體之間沉默地被些什麼阻擋，瓶子裡的軀殼相當陌生，這個人到底是誰呢？

我會這麼說的原因是因為，我確確實實感覺到「身體不是自己的」這件事了，而且身體跟心靈的中間被什麼打擾著，有點像是心理某個雜草堆突然間被人撥了開來，一直藏在下方的排水孔露了出來。不是偶爾發生這樣的事情嗎？一個一直內向沉默的小孩到了大學突然變得能言善道，在社團裡擔任炒熱氣氛的康樂股長；或是一直不念書老是被當的同學，突然在最後一年大爆發，不僅順利畢業，還考上了很多學校成績前段班的同學，都考不過的國考，一舉成為人生勝利組。但我想我要說的事情，說大不大，說小也不小，但確實是困擾著我，也偶爾會把我摧毀的那種「重要」東西。

故事只能暫時說到這裡，你還願意等我的下一封信嗎？如果不賣關子的話什麼都會失去好奇心與活力。阿區你知道嗎？「曖昧」這件事情，說穿了最重要的東西或許就是「新鮮感」吧！

DEAR阿區：

我經常想著時間的流逝到底會讓一個人變成多麼不同的別人，如果這件事情再加上一個人，就會有無限多的變因。但阿區你知道嗎？就算兩人相愛著，彼此都想費盡心思地照顧彼此，但我們還是可能無法完全帶給對方溫暖與快樂，等回過神來的時候，已經費盡心思在傷害對方了。你知道我為什麼會這樣說嗎？因為我曾經做過這樣的事情，對象是我高二時的初戀對象，大我一歲的學長，人很安靜，但不知為何卻是深得其他同學信賴的那種傢伙。那時的交往也模模糊糊，我想我可能也愛他，但比起愛他，我更想了解愛是什麼，有個人每天送早餐這件事情讓我得意，這種感覺算是愛嗎？我想可能更算是虛榮心吧。你知道女人跟女人之間是一種就算再無所謂的小事都會暗中比較的生物嗎？我想他是愛我的，每天下課都會來接我一起回家，我要補習的日子，即使他快要考大學了，就算我家和他家根本不順路，他也會騎著摩托車來補習班載我回家。我想，他應該是真的愛我的，那時我確實也喜歡他，但不管再怎麼喜歡，這段感情應該到他畢業去外縣市念大學就結束了吧？我總是忍不住這樣想。

但沒想到他上了大學以後，還在放假時一直不停地回來找我，明明大學裡面應該有更多比我更吸引人的女大學生才對，雖然我自認長得也算可愛，但我有自知之明，自己不是ＰＲ值最高的那種女人，那樣的他為什麼要對這樣的我如此執著呢？我曾經不厭其煩地問他類似的話題無數次，而他總是回答我：「小燕有小燕美好的地方啊，那是其他人身上完全看不到的東西喔！」那時我開始變得害怕，阿區這件事情很奇怪吼，明明有一個男人這樣的對我好，但我卻不禁害怕了起來，因為我的內心確實在他高中畢業的時候已經做好了抽離的打算，如果我真的又把一切栽進他的身上，但他又離開我的話，我會變成一個多麼破碎的人。

於是，我開始找各種理由不跟他見面，我變得比平常更加任性，放假也總是找藉口說要忙，明明他總是坐很遠的車回家鄉來見我，我卻總是找了各種無聊的理由放鳥他。而且為了讓他死心，我還開始在閨蜜間散布各種他不好的傳聞，甚至說出了他想侵犯我這樣的話。過了一陣子他就放棄見我這件事情了。後來聽說他也從大學休學，因為試圖侵犯別人的傳聞傳到了他念的大學。但那時我對這件事情一點也沒有罪惡感，你不要問我為什麼要那樣做，年輕的時候經常做一些連自己也不怎麼懂的事情。

那個時候的我一直單純地以為這樣他就會去找其他女人了，仔細想想，我那時並不了解一個人的愛有多深，也無法掌控人與人之間的距離，就這樣傷害了一個年輕且愛我的人，而且，幾乎不曾真正感到愧疚。

這樣的罪惡感一直到我二十六歲的某天才醒了過來，那段時間我也交了其他的新男朋友，也說過幾次謊，但從來沒有真的對像我的初戀男友那樣傷害過誰，現在的我有時候想到我曾經對一個人做了如此過分的事情，我就會躲在棉被裡痛哭，對，我的罪惡感最多只能做到這樣。

親愛的阿區，你知道嗎？人不可能永遠是好人的，但這句話也有可能是說給我自己聽的，可能我是在懺悔也說不定，也可能只要變成這樣，我就不會覺得自己曾經是那麼骯髒與糟糕的傢伙。

晚安，親愛的阿區，就算我是個骯髒的傢伙，應該還是有權利對著誰說晚安吧！

東京先生

阿區，我現在要跟你說的那位對象，聽我說起來是有些荒唐，也可能有點可笑，因為其實，我連他的名字都不太知道，甚至，我們約會的時候，總是用工作的職位來稱呼彼此，聽起來就像超級不熟的兩個人對吧！雖然是這樣說，但我私底下都叫他東京先生。

如果說到這裡你大概會以為他是個日本人吧？其實不是，東京先生是個台灣人，甚至我們相遇的地點也不是在日本。我們是在荷蘭的某個廣場認識的，你去過荷蘭嗎？那裡的鳥喜歡停在有噴水池的廣場，時不時地會有人去餵食，他們意外地不怕人，就像奈良的鹿、猴硐的貓。你知道有時候文化就會那樣自然的形成，然後變成奇特的景象，也許就是那樣奇特的氛圍，這裡才會變成景點吧！

我去荷蘭的商旅考察，詳細情形不能說太多，不然就會被人發現我是誰了，東京先生蹲在廣場那裡觀察那些鳥，一動也不動。阿區，第一眼看到的時候我就不自覺地想笑，為什麼會有人那麼在意那些鳥啊？我來這裡無數次了，這裡就是拍照的地方，大家炫耀自己來了一個很美的城市，留下些什麼紀念，讓我們在快躺進棺材前還能回味一下我們那不算太好也不算太差的人生。

第二天的時候我又看到東京先生，他又蹲在那裡看鳥了，怎麼會有人那麼喜歡看鳥呢？遲疑了幾分鐘，我忍不住跑去跟他搭話，原來他也是個台灣人，東京先生說他沒看過那麼多的鳥，我們說了一下話，然後兩個人走到附近的茶店。聊了一個上午的天，對，就是一個上午。阿區，你知道嗎？我不相信一見鍾情的，但只要跟一個人聊天聊三分鐘，我就可以判斷這個男人對我有沒有吸引力，如果我是一個毒品依賴者的話，他身上肯定散發出了類似嗎啡的味道。

當天我們就上床了，阿區，其實我不是那麼在意一夜情這種事，尤其像我這種年紀有些大的單身女子，倒也不是什麼真的很嚴重的事。結束後我們抱著聊了天，不知為何聊到了影集，他說他最近很喜歡《紙房子》，我跟他說我很討厭，因為裡頭的角色——東京是個愛惹麻煩的婊子，我每次看都很氣。但就是因為她總是做著出乎意料的事情，所以故事才會有趣。東京先生說：「迷人又危險，就像妳一樣」，他把我翻過身，我們做了一次，再做了一次。

之後的日子很詭譎，我們換了聯絡方式，但我甚至不曉得他的真實名字，也不知道他住在哪個國家，每過幾個月，我們就會約好在某個國家見面，像情侶一樣約會、牽手、擁抱、做愛，但其他的時間就像空氣中的水氣一樣，看不見，也摸不著。

阿區，你知道嗎？其實，東京先生也是個婊子，迷人又危險的傢伙，我知道，但那又如何，就算那樣也無所謂，只要我能每幾個月擁有他幾天，這樣就好了。

這樣就好了。

偶爾為之的傷害
仍然是傷害

嘿阿區，我在一年前的時候跟大學一年級交往到現在將近六年的女朋友分手了，關於分手這件事情，是我提的。雖然是我提的，但我並沒有做出背叛她的事情，而據我所知，她也沒有做出任何背叛我的事。我並沒有跟女朋友以外的女生發生關係，也沒有愛上其他女生，雖然偶爾會有一個剎那覺得某個女生很正，或是怦然心動的感覺，但說起來那樣的東西，稱不上是愛，雖然這樣說可能比較不文雅一點，但我認為那更偏向性慾那方面的東西，就那樣突然的從兩人之間的縫隙冒出來，但只會在短短的那幾分鐘，我就能認清性慾跟愛之間的差別，我也知道我真正重視的東西是什麼，雖然我們最後還是分手了。

她是一個可愛的女生，我所謂的可愛是指只要大家看到她的第一眼就會覺得這個女生是個好相處的女孩，是個天生就會散發出可愛氣息的女孩子，教養很好，是個有點安靜的女生。這樣的女生大學時期當然很多人追。所以，當她最後答應我的追求決定跟我交往的時候，我真的覺得我是全世界最幸運的男生，跟她在一起的日子，大部分的時候都是開心的。

嘿，但阿區你知道嗎？她有時候會說出一些傷害人的話而不自覺，有一次我們在宿舍用微波爐煮東西吃的時候，因為空間很小，她就要求我跟她交換位子，要我站在微波爐旁邊，嘴裡對我說：「如果微波爐不小心爆炸，你被炸到就算了，但我絕對不行。」

或是她心情不好，不管有多晚或我明天有多重要的事情，就算我明天一早要去打工，或是考期中考，也會爬起來陪聊天，能分擔她的痛苦我也很高興。但她偶爾會丟下一句：「幸好你有起來，如果你沒起來我就馬上去找其他男生約會。」

你知道嗎？阿區，她並沒有發現那些話是真真正正的傷害我，但我卻從來沒有表現出不悅或其他的表情，因為除了那些話以外其他的東西都很美好。

這樣的事情到大學為止都還能接受，但開始工作後就不同了，職場的壓力對我這個菜鳥很大，我終於無法在工作之餘承受那些偶爾為之的傷害，有什麼東西像打久了的鼓的表面慢慢疲軟了，我還記得她在電話那頭哭泣和詛咒我的樣子。

說起來我在這段關係裡犯的錯，就是我對我們一起踏出來的傷口太沉默了，什麼都不說的感情，只是在踐踏我們走過的信任。

而關係裡的瘡也不是靜止流動就會消去的東西。

我跟他終究就只能是互相經過的那種關係而已

嘿阿區，你知道嗎？我在二十一歲的時候跟我那時打工的男同事交往喔！現在回想起來，那個男生的樣子並不帥，並不是現在覺得不帥而已，而是那時的我也並不認為他是帥哥的那一種類型。儘管如此，卻也不到不能下嚥的地步，簡單來說，就是一個普通人的長相。

但是他啊，不知為何卻有著異於常人的自信，甚至會沒來由地麻煩別人，雖然有時候會覺得厭煩，心裡會想著：「吼，這個傢伙也未免太自戀了吧！」但他卻總是一副不在意別人觀感的樣子，久而久之，不知從哪時候開始，回過神來時，我已經開始跟他約會、出去玩，在那些浪漫或是不浪漫的地方旁若無人地接吻，在他租來的房子裡跟他做愛，明明他只大我一歲，但我卻對他說的任何話都無法違抗。

他並不屬於喜歡打掃的人，家裡經常很髒亂，我並不是那種真正有潔癖、所有的陶瓷地板都要擦到發亮的那種女生，但那種髒亂程度連我也都無法忍受，所以當我提出請他至少要整理一下家裡的時候，如果是其他人，或許會不太好意思，可能會說出「啊，我晚點把他掃乾淨」或是「那我們輪流來打掃吧！」但他卻能泰然自若地說出「那妳來幫我打掃就好了啊！」這種事不關己的話。現在想起來，他就是一個這樣子的人，會說出造成別人麻煩的話或是做出讓別人困擾的行為也絲毫不放在心上。

但阿區，我跟你說，那時的我已經無法離開他了，就像一株盆栽從幼苗開始時或許還不那麼需要土壤，等到他開始長成一盆美麗的盆栽時，他的根和土壤已經習慣緊密的結合在一起，好像那是天經地義的事情，無論如何都不願意放手，似乎只要離開就會枯萎凋零。而且對那時候的我來說，就算沒有回報地幫他打掃家裡、請我幫他寫大學時期的作業，或是在中午的時候很突然地叫我送便當到學校給他吃（是的，他就是會用無所謂的語氣提出那些過分的要求），我也都心甘情願，甚至覺得能為他的人生盡一份力感到很開心。但那些都不是我真正離開他的原因。

我真正離開他的原因是他經常嫌棄我的長相，或是身體，當我坐在他房間裡的廉價沙發寫期中報告的時候，他會突然放下電腦，轉過來看著我的臉對我說「嘿，妳真的很醜」，或是說出「為什麼我的女朋友會這麼胖呢？」但最過分的，還是在做愛的時候，他會一邊掐著我的乳房，一邊說「這胸部也太小了吧！」那個時候我的內心就會深受打擊，是深深地被打擊喔！我的心裡有什麼東西真真正正地碎裂了。為什麼會有人那麼蠻不在乎地說出傷害別人的話呢？從那時候我開始研究很濃的妝，是那種可以把我的臉完全遮住、看不清原本面貌的那種妝，也去報名了對那時候的我來說很昂貴的健身房。但我還是很常在夜裡哭，要為他做什麼事情都無所謂，但我一想到他嫌棄我的嘴臉，我就無法忍受，也深深地討厭自己，我是一個真的碎掉的人。

阿區，你知道嗎？後來我們當然是分手了，現在的我有一個還算普通的工作，也有遇過幾個成熟的男人，就算他們看到不喜歡的事情，也會試著用不傷害我的方式告訴我或者試著跟我溝通，但我經常在想，是不是人年輕的時候會無法恰當地表達自己的心情，所以才會無意間說出那些傷人的話？搞不好現在的他有天突然想到以前曾蠻不在乎的嫌棄前女友的長相，正為自己造成的傷害暗自後悔也說不定。但也搞不好他就是不會在乎任何人的想法，對麻煩別人也不會感到不好意思，一生都不會改變，就這樣筆直前進直到墓碑裡的那種人。

不管他是哪種人，說起來，我跟他終究就只能是互相經過的那種關係而已。

說一百個謊但每句話都會實現

說一百個謊
但每句話都會實現
把相處的日子做成鹽
撒向大海直到所有的鯨魚都浮上水面
在青山的街道戴著口罩裸奔
愛一個人的缺點比愛一個人多

你不會變成奶油
但我在太靠近你的地方就會融化
機關槍掃射的速度比不上接吻的濕度
嘴唇相交時全世界的天空都在下雨

你變成了比我還小的大人

兩個人在六坪半的榻榻米上說
不切實際的夢想
用所有的餘生
在廢棄的小島上挑磚
蓋一百座教堂
所有的人都能被拯救
所有的人都可以上天堂

但親愛的
這世界上
真的存在著
沒有人記得的詩人
寫不出歌的歌手
得了暴食症的豔星
但也不是完美的人就會擁有完美的日子
在變成拄著拐杖散步的老夫婦前

去那些大家都覺得很俗氣的地方旅行
直到我們所有的簽證都過期

完全拿他沒轍的生物

後來我遇見了那個擁有陽光笑容的男人，跟他在一起時我真的覺得我是全世界最幸福的女人了，那是連氧氣都會變成粉紅色的那種幸福唷！以前的恨啊、嫉妒啊都可以拋到腦後，什麼原則也都算了，就算我變成一個卑微的人也無所謂。

但後來他卻面不改色地對我說了「心裡有一個放不下的女人」這種狠心又過份的話而甩了我。

那個時候很奇妙的是，就算我再怎麼恨他，再怎麼在夜裡咒罵他，每天都希望他能在我的夢裡踩到一萬次的樂高，但只要不小心巧遇的時候，那些恨啊、淚水啊就會

「咻——」一下不見，既能平靜地和他談話，甚至也能鼓勵他去追他喜歡的女生。

不知為何，只要看見那個笑容彷彿就可以化解一切，我就無法苛責他，或是說出什麼狠毒的話，彷彿他做了什麼糟糕的事情都可以被原諒。這個世界上有時候就是存在著這種你完全拿他沒轍的生物。

我想你確實擁有不入流的性愛

「我想你確實擁有不入流的性愛，阿信。」那個女人說。

「或者更精確的說法是，我想我在五年後就會忘記跟你做愛過這件事情，你的一言一行，所有的動作，我應該都記不清楚，就算在路上擦肩而過，你主動跟我打招呼，我也會對你沒有半點印象。我這樣說會很傷人嗎？」她坐起來的時候，我一句話都沒說。

「嘿！」她從後面抱住我，親親輕吻我的脖子。如果我旁邊有一面鏡子，或是現在有一部Ｖ８在拍攝的話，螢幕前看起來就像是一對情侶，男友面無表情地承受女友的愛撫。

「我這樣說會不會很傷人？」她問，像是貓在撒嬌。

「不會啊。」我持續所有的面無表情，在這種時候無論會或是不會，我都會說不會。

「那就好。」她放下我的脖子像是放下了吸血鬼的食物一樣，轉身撿起掉在地上的襯衫。

「阿信，你知道嗎？我並不是說跟你做愛不開心，跟你做愛對我來說就像是一種療傷。」她一邊說一邊套上絲襪。

「療傷。」我重複。

「做愛有分很多種啊，阿信。有因為互相喜歡而做的愛，也有純粹為了報復而發生的關係，有為了錢而打開雙腿的做愛，也有不知為何糊里糊塗就發生的關係。但不管是哪種，以我個人來說，這件事情的前提上都必須存在著『並不討厭對方』這件事情，或者說不討厭還不夠，還必須在對方的領域（身上）裡找到某個確確實實吸引我的要點，不管那個要點的真假，我光是想著這件事情幾乎就可以高潮。」她說。

「我想妳是個藝術家呢。」我說。

「應該是完美的性愛藝術家吧！」她回答。

「確實。」我回答，我的眼睛看著窗外，我不太確定是否該問她我們之間的愛是哪一種，而我吸引妳的要點又是哪一種。不論是什麼，仍然不會改變這個世界的安靜。寒流要來臨前，應該就可以感覺到這個世界的溫度正在急速下墜，儘管如此，這個房間卻像隔絕了一切一般，既不溫暖也不寒冷。

她終於穿好了套裝走到我身後。

「嘿，阿信，你啊，跟你做愛的時候我卻不知道自己是誰，在那一瞬間我就能忘記自己，在遠處看著受傷的我，把『我自己』這個人的所有傷口一一修復。」她抱住我的頭，開始揉捏。

「你知道為什麼嗎？」

這時候我應該回答她，或試圖說些什麼，但我一句話也說不出口。

「你的身體裡藏著巨大的哀傷，除了那個之外空空的，什麼東西都沒有，快樂什麼、憤怒什麼的，你一個都沒有，那樣空曠的地方，既不冷漠，也不熱情，他就只是一個『地方』而已。只要有一隻鳥飛進去裡面，他就可以躲在裡面棲息，我確實也感受不到你試圖對這樣的自己反抗。」

「只要跟你做愛的話我就會忘記『關於自己』那些悲傷的事情，注意力不由自主地被你吸引過去。當我終於回神的時候，就會發現自己的痛苦根本微不足道。」她把我的頭揉得很痛，我忍不住伸手撥開。

「我要走了，你送我嗎？」她拿起口紅開始擦，有點淡淡的紅色那種，是攻擊性不會太強的，其實非常符合她清純的五官，她很懂自己的優勢，她問我。

「都好。」我開始翻我的車鑰匙。

我開著車載到她指定的飯店。

「嘿，抱歉阿信。我剛剛好像說了很過分的話。」下車前她說。

「沒事。」我說。

「即使這樣，下次我很難過的時候還願意跟我做嗎？」她問。

「可以啊。」我說。

她笑了起來，眼睛彎成兩條月亮，可愛的樣子跟床上截然不同。

我目送她離開。

就我所知，她一個月只接一兩個她「願意」的客人，就可以獲得一個月不愁吃穿的收入。每過兩、三個禮拜她就會出現在我家樓下，打開門後，我們就開始一句話也不說也沒有任何金錢往來的做愛。

但除此之外，我對她一無所知。

交換

天冷的時候
要記得穿衣
受苦的時候
把拳頭握緊
一句話都不要回

該相信你的人
就會相信

找個有同樣興趣的人
一起生活
一起死去
一起相信些什麼

然後再一起
變成
更絕望的人

找一個沙發
上面擺滿所有
能讓你快樂的物品
啤酒、購物台遙控器、吉他、PS4搖桿
一隻小橘貓
或是一個性感迷人的肉體
忘記今天只是個
日復一日的下午

把你的後腦勺
變成腳架
細細側拍你的人生庸忙

親愛的
想哭的時候
拳頭要握緊
故事要慎說
所有的秘密活著的原因
都只是為了交換
另一個秘密

正在變成大人的我們

「說起來，我其實是個人緣不好的人吧！」那天剛結束在橋口麵店上班的我，巧遇我的高中同學阿劍，那時，他這樣對我說。

仔細想想，會讓阿劍說出這句話，是我的錯。

因為轉學的關係，我跟阿劍從國二時期開始同班，也恰好考上同一間高中，分在同一個班級，就這樣一起同班到高中畢業。照道理經歷這樣長時期相處關係的我們或許應該變成要好的朋友吧。

但事實上並不。

雖然我們並沒有交惡，也是學生時期的男生圈圈、圍在一起聊天時能放聲大笑的朋友，但做為同學的五年半，我們卻幾乎不曾一起行動過，除了剛上高中時的新生自我介紹，一開始大家會說：「喔！你就是那個跟阿劍同校的人嗎？」那時我才會跟阿劍被歸類為同個團體的傢伙，但那樣的印象，在一個月後班上的大家漸漸熟了以後就沖淡了。

老實說，我一直以為阿劍人緣很好。

阿劍擅長打壘球，聽說國小的時候還是學校的校隊（那樣的事情只是傳聞，也從未聽阿劍證實過），善於運動的男生在學校一開始就容易小有名氣，雖然是運動神經好的男生，但並不會像某些擅長運動的傢伙那樣去欺凌別人。事實上，阿劍跟誰都相處得不錯，不論是那個時候總是放學一起打電動的電玩幫，或是熱於參與學校活動校聯會的學生，阿劍經過時都能聊上一兩句，就算是像我這樣有點內向，成績又不好的同學，阿劍也會看著我偷偷帶來的食譜書，自顧自的說著：「啊～這個好像很好吃喔！阿史以後想成為廚師嗎？」在跟任何人說話的時候，阿劍都以不讓人覺得不舒服的方式聊天，那時的我認真覺得，這是一項才能。

儘管如此，一起讀書的這幾年，我幾乎不曾主動靠近過阿劍，雖然他是個好人，但畢業典禮時一起在胸前別著紅花的我們，卻沒有站在一起拍照，也沒有在對方的制服上用麥克筆簽名。

畢業後我成功說服家裡讓我去念餐飲學校，我找了一間拉麵店打工，半工半讀地做到了畢業。老闆很器重我，畢業後我成為店裡的正式員工（因為身體有些疾病所以免役），工作也十分熟悉，雖然偶爾會被大鍋燙傷或稍微切到手指，但能做從小就想做的工作，我覺得很愉快。

在成為正式員工的第三年，阿劍偶然來到我們店裡吃麵。

我一眼就認出了阿劍，雖然五年不見了，阿劍的長相卻沒什麼變，除了頭稍微禿了點，肚子也變大了。穿著淺藍色的襯衫，提著公事包，一副心事重重的樣子，雖然在這個年頭，正在變成大人的我們都看起來心事重重的。

打烊了以後，我一邊收拾餐廳一邊跟阿劍閒聊，阿劍正在某個保險公司當業務，而他目前的業績似乎並不好。為了轉換話題我趕緊說了最近高中時的同學小池結婚拿喜帖炸我的消息，高中時小池跟阿劍都是壘球社的社員，我心裡一直認定阿劍一定也有收到吧。

但阿劍卻抬了頭，問我小池結婚是什麼時候。

看來小池沒有發喜帖給阿劍，他們高中時明明看起來那麼要好。

接著阿劍像是想到了什麼低下頭說：「說起來，我其實是個人緣不好的人吧。」「怎麼會呢？」我一邊擦著桌子一邊忍不住反駁，高中時跟每個人都很好的阿劍怎麼會是人緣不好的人呢？

接著阿劍說：「但阿史，當初我們也同班五年了，那為什麼我們畢業後也沒有繼續聯絡呢？」

當我準備開口時阿劍又說：「你知道嗎？阿史，就算曾經是多麼好的朋友或是多麼互相討厭的仇敵，只要分開以後，那樣的利害關係就消失了，就算不費盡心思經營我們之間的對話，就算再也不連絡了，那對我們的生活也不會造成影響。那時我們被迫一起在同一個地方生活，所以才會誤以為有些友誼會持續到永遠，那個時候我才知道，人是多麼孤獨的動物。」阿劍說。

「阿史，今天謝謝你的招待，大家都忙了，那是真的，但對很多人來說，只是那樣的關係就算不存在了也沒什麼關係。」阿劍嘆了口氣，提了手提包準備離開。

阿劍踏出店門前，我鼓起勇氣抓住了他的手。

「雖然我們畢業後沒有聯絡了，但你那時候對不擅長跟人相處的我討論沒人感興趣的食譜，我很高興喔，就算沒聯絡了，我也一直記到現在呢。」我說。

「好啦好啦別噁心了。」阿劍把我的手抽開，但神情看起來輕鬆了些。

「下次再來吧，我多請你吃一盤小菜。」我說。

「有空再看看啦！我最近工作壓力很大啊。」我就這樣看著阿劍疲憊的身影走遠。

我還在長大 但已經無法變老了

你知道嗎？阿區，曾經我以為我是別人眼中的一頭怪物。

但我最後仍然沒有成為怪物，我只是變成一個異類，那種老師覺得麻煩、同學覺得多餘、家裡沒有任何人會在意你的那種傢伙罷了。

阿區，你一個人住過嗎？我從十四歲開始就自己住在外面了，到十八歲以前，除了想跟我做愛的男生以外，一個人也沒有來探望我過，不論是學校的老師、我的父母、社會福利機構，一個都沒有。

有一段時間我像短路似的，假日的早上從一個人都沒有的塌塌米走出來，勉強地吃完早點，再走回塌塌米，接著像隻即將死掉的蟲子那樣蜷縮著在角落。無論是學校、搖滾樂、小時候畫的繪本，我真的一點感覺也沒有。唯一能感受到的東西，只有太陽慢慢地升起，我被烘得暖呼呼的，偶爾甚至覺得熱，但我卻一動也不想動，再看著太陽落下、慢慢變暗，除了一天過去以外，我沒有任何想法。

我對所有的事情都失去了興趣，不論是看新聞裡的明星八卦、我曾經喜歡的搖滾樂手的新歌、永遠都無法理解的理科題目，或是用雙腿夾住棉被、想像某個斯文的帥哥自慰，這些事情我都覺得乏力，有點像是我被套了一層有點霧的塑膠膜，我覺得所有的東西我都好像看的到，卻又通通離我很遙遠。

那時候我一直有一種感覺，無論我發出多大的聲音，用力敲打牆壁或是讓自己流血，無論做了什麼事情，這個空間裡面也不會有一個人關心我，或者對我說話。甚至連隔壁鄰居的抗議聲，我也沒聽過。

從那個時候開始，我的時間就停止流動了，你知道嗎？阿區，我還在長大、但我已經無法變老了，我會永遠停留在這個年紀。

雖然我那樣說，但我想應該沒有任何人對不起我，這一切都只是因為我有問題而已。但我無法理解的是，在學校裡表現開朗、總是會在群體集會裡出風頭的同學，就算做了一些傷害別人的事情，也只會被認為是在開完笑，老師也只會笑笑地叫大家回位子上做好。但當我曾經試圖跟別人提出我遇到的狀況時，我的同學卻對我說：「嘿花，為什麼你無法跟我們一起討論那些八卦呢？」班導說：「只要考上好學校，大學想幹什麼都可以，懂嗎？妳的問題一點也不嚴重，現在只要好好唸書就好了。」當我去找輔導老師時，她只會問我這次可以錄影嗎？她想要當作評鑑的項目。

我真的無法相信大人們，只要表現出正常的樣子就好了，雖然我心裡無數次這麼想，但卻做不到。阿區。

現在想想多年前的那時候，阿區，我想其實我只是沒有被拯救而已，你知道嗎？高中生真的是一個很麻煩的生物，但那又怎麼樣呢？我只是想被理解而已，但怎麼想我都不是一個重要的人，所以，我憑什麼要求別人來理解我呢？我還活著，現在三十一歲了，那個時候的我跟現在偶爾還會交疊，像是波紋一樣，事到如今，我依然無法對任何人說出心裡的痛苦，因為那只會被當成懦弱的人而已。

所有的大人看起來都那麼哀傷

活著的日子是被天空與海洋夾起來的水平線
一邊努力活的細長卻也一邊乾嘔
經常鼓勵自己但也偶爾自暴自棄

細屢的生活以為是步步的沉穩
但始終踏不進圈內
就只好
跪在岸邊把濕漉漉的腳跟給擦乾

終於明瞭被騙的當下
健忘大人說的謊換不了遊樂園的入場指南
了解沒有什麼必然

所有的必然最後都會埋葬

別人懸掛在樓梯間的燈光終於暗了
而他們在你的葬禮上說著完全平行的你
但所有能辯駁的立場都死透了
我只能祈禱他們說中一些字眼
那些連我自己也不敢期待的字眼
而我大部分的日子都在祈禱
所有的大人看起來都那麼哀傷

而最後我終於一把火也沒點著
就自以為地愛過誰了

兩句

為一個陌生人撐傘
以為是害怕有人淋濕

在胸口塞一根別針
所有進去的人都會流血

一張雙人床只要兩人各自抱著一邊的床沿
就能保持溫暖

想起看見留言變成紅色就會興奮
好像是很遠很遠的日子

養大的貓死了

你懷疑為什麼要有愛

胸口拽著一本佛經

再上政論節目跟上帝好好聊聊派系

只想把你典藏成

我還願意記得的樣子

日子是善忘的

希望你的最後也是

我們談論的那些好朋友

後來他們都結婚了

想在遇到困難的時候召喚城牆裡的巨人為你踱步

把世界上所有的山谷都踏成平原

站在槲寄生下的時候就要親吻彼此

「嘿你知道嗎?當兩個人站在槲寄生下的時候就要親吻彼此喔!」這是我的前男友阿徹在我們第一次聯誼時跟我說的，我猜這是他不知何時突然想到的唬爛話。

聖誕節時假如兩個人剛好站在槲寄生下互相親吻，那兩個人就會永遠在一起。如果這句話是真的的話，那我就事先埋伏在某個槲寄生附近，再隨便找個藉口約喜歡的男生來（說我受傷了或被某些小混混包圍，隨便什麼藉口都好），當他有點緊張的出現時，我再出其不意地站到槲寄生底下，一把抓住一頭霧水的他接吻，那樣我大概就真的能永遠獲得幸福了。「如果這個傳說是真的我就要這麼做」，當阿徹說完這個都市傳說時我原本是這麼想的。

當時聯誼配對到的男生——阿徹，第一眼看見無論如何都不是我日思夜想的那種型，不討厭，但也不是我喜歡的類型。不論是髮型、眉毛旁邊的痣、下巴的輪廓。阿區你相信嗎？女生看見初次見面的男生十分鐘以內馬上就能把這個人分配在心裡的某個區間。將來有機會成為她的男朋友的區間、還值得曖昧的區間，或是就只是聊得很來的朋友區間，或是在聯誼結束時跟我要賴的時候，我會突然間失憶，給的帳號後面其實還少了好幾個英文字母的區間。

你說阿徹？他只是勉強勾著了男朋友的邊，頂多算是很會唬爛的朋友。

一開始是這樣。

我可以挑出一百個你們男生無法想像、甚至連我自己也覺得牽強的缺點來說明為何某個男生不適合我，但我也會因為一個突然對我胃口的優點把前面一百個缺點全部推翻。跟阿徹出去幾次後，我發現他不論在何時何地都會展現若有所思的神情，不知為何我覺得超級可愛。你一定覺得女生很難懂對吧，阿區，我不怪你，連我自己也不懂。

我跟阿徹在那次的聯誼後過了一個月交往了，接下來就跟所有的大學情侶會遇到的事情一樣，畢業後他面臨了當兵，而我則開始以一個菜鳥新鮮人的姿態艱苦地在職場奮鬥。我敢說阿徹不是個多聰明的人，所以我也不覺得阿徹有本事背著我跟其他女生亂搞，所以當我去找他的時候，發現他放在洗衣機襯衫裡的口袋有賓館的收據時，我真的快崩潰了。

「誰？哪裡來的婊子？長什麼樣子？是我哪裡不夠好嗎？」當我腦裡反覆翻攪著這些問題時，阿徹就那樣承認了，他說話的口氣那麼乾脆，就好像是在說我們昨天吃咖哩飯時我忘記付錢了這樣的芝麻小事。

「不要怪她，都是我不好。」

阿徹說是一個小他五歲的女生，很單純、還是學生，同梯介紹認識的，不知道我的存在。

「真的很抱歉阿，但跟她相處以後我了解了她是沒有我就會活不下去的個體，但妳不一樣，我知道妳很堅強，少了我妳也馬上就能站起來，我知道妳可以。」

「但她就像附在樹上的槲寄生那樣，少了我會死。」

阿徹用了同一個方式吸引了我注意，也用同一個方式甩了我。

你知道嗎？親愛的阿區，槲寄生看似浪漫，但其實是有毒的，那天跟阿徹聯誼完之後我就去查了，但我不信。

阿區，我原本不信。

他是如何成為你心裡的腹地

在你的內心蓋上紅磚白瓦
建構一個用顯微鏡也看不見灰塵的家
散落在各地微朽的傷心
就把他漆成風景
掛在閣樓裡
當你偶爾想走回過去
我在門口等你

如果可以什麼都不談
只說愛就好了
但過去的謊言堆積成的傷心
終究無法
把過於破碎的肢體接齊

住過天空之城的孩子
終究不會習慣
無法飛行的項鍊
他是如何
把你的路口堆滿拒馬
最後又
成為你心裡的腹地

如果可以什麼都不談
只要無條件照顧你就好了
如果

對不起
原本只是想為你守城
沒想到最後卻燒了
全村人的屍體

但談戀愛是一種消耗

L前陣子打電話給我，抱怨生活上的瑣事，順道說了自己又換了新女友H的事。這次對象是年紀約二十出頭、在百貨公司上班的櫃姐。「不知不覺越交年紀越小了啊。」L忍不住吐槽自己。

L的戀愛經驗豐富，身高超越一八〇多一點，雖然不是大眾覺得頂帥的長相（我私心覺得），但口才極好，所以我對他能夠每次分手後馬上就交到漂亮女朋友這件事絲毫不感覺意外。

我跟L認識在高中，他是一個在班上每個小團體幾乎都很吃得開的角色（但他內心討厭的對象也會毫不客氣的表現出來。），每個人看到他的時候，封閉的開口就會馬上打開，邀請L加入他們的談話圈圈，好像L本來就是跟他們生活在同一個池塘的錦鯉。

儘管如此，L下課多半是自己回家，中午吃便當也不曾看過主動跟人併位（除了別人來找他以外），我幾乎感覺不到L屬於任何一個團體。

L會跟班上的籃球團在放學後一起打球，也會跟喜歡打電動的團體一起泡網咖，也偶爾會跟班上的女生小圈圈聊奇怪的八卦，雖然他們跟L看起來都很開心，但我幾乎不曾感覺L真的是屬於他們的一份子。

也許是這樣的原因，L找上在學校一直在看小說、感覺起來同樣孤獨的我。

已經忘記那時候是如何跟L變熟的，有點像是小孩在不知不覺間學會了拿筷子吃飯、捧著碗喝湯，我已經忘了我跟L兩人禮貌又生澀的時候。

畢業之後，我們唸了不同地方的大學，又到了畢業之後的就業，過了這麼多年，我們仍然會聯絡，不是天天聊天，而是一年會見面幾次的那種。L偶爾會和我講起他的煩惱，有時候是關於人生，有時候是關於女人，有時候是關於心裡的信仰。

我想從來沒有太過親密好友的L，會每隔一段時間選擇跟我說心裡秘密的原因，除了我們住的很遠，交友圈重疊的相當稀少外，是因為我們擁有某些不屬於循規蹈矩的價值觀，除此之外，L不說的事情，我也不會多問。

L偶爾會跟我說起他交往的對象，L覺得那個空姐好的地方，或是他覺得煩的部分，那個交往兩個月的大學女生會瘋狂在半夜call他（所以很快就分手了）。而自從他某一任交往三年的女友K分手後（會說某一任是因為我不知道除了跟我說的那幾個以外，還有沒有其他的），他換女朋友的速度似乎愈來愈快。

L這次打電話來說的事情跟他交往兩個禮拜的女朋友H無關，她只是電話裡的小小一撇。

在L抱怨完他最近的事情後，我打破了原則，問了L跟櫃姐是怎麼認識的。

「就……反正就在某一個場合。」L說。

我知道L不想多講所以也沒多問。

「反正交往就那樣，重點是要察覺女人說這句話背後真正想說的意思，不要隨便誤會女生的意思而騷擾到別人。如果知道她也對你有好感就簡單多了，就下班聊聊天，約出去吃個東西或是看電影，幾次之後，找到適當的時機，就可以牽手、接吻、交往、做愛或是一夜情什麼的。」

跟L比起來戀愛次數相當可悲的我，只好默默地聽他說。

「反正到了最後，這件事情就變得有點無趣，聊天到了某個程度，你就會知道差不多可以約她出去了，或是，差不多可以親她了，然後過一陣子就自然而然的分手。這一切都變的很像SOP一樣，而我一直一直在裡面輪迴。」

「阿區，或許你會問我說，幹嘛不找一個人長期穩定的交往就好了，有人很羨慕我這樣女朋友換不停的傢伙，也有人厭惡我這種或許可以被稱為『渣男』的人。」

「但說起來，我既不羨慕你，也不討厭你。」我說。

「幹，阿區，就是因為這樣，我們才會變成朋友，但談戀愛其實是一種消耗。一直不停的跟別人談戀愛，分手、劈腿或是被劈腿，每一次的分手都是一種消耗，那些換了很多女朋友看上去很快樂的人，其實心裡大多數都被消耗的所剩無幾。空空的，光禿禿的，純真的戀愛或是怦然心動的感覺一點也不剩了，唯一剩下的東西就是我這副可以被稱為變態的身體。」L這樣跟我說。

「說到變態這一點，我從以前就知道你是個變態了。」我說。

「阿區其實你某方面也是個變態，但我們執著的點不同。」L說。

「你覺得你跟H會交往多久呢？」我問。

「目前的感覺應該至少可以維持半年以上吧，反正談戀愛這種事情，最重要的就是順其自然啊。」L說完，我們又聊了一下其他的事才掛掉電話。

「反正談戀愛這種事情，最重要的就是順其自然啊……」掛上電話後，我躺在床上，忍不住反覆思考L說過的話。

就算別人說了些什麼也無所謂，這是一個這樣的世界喔！

「第一次約會的時候我就跟他去某個需要拐很多彎才能到達的路邊餐廳，那天的天氣跟今天一樣好，所有的星星都能看見的那種程度、餐廳裡面播著懶洋洋的爵士樂，我可以跟他在那樣的氣氛下吃點燉肉、喝點紅酒什麼的，結束後在草地附近散個步，然後去附近的汽車旅館狠狠地做愛，最後把他收編進我的人生名單之中，你覺得怎麼樣？」她問。

「聽起來不錯啊！那個露天餐廳有很多人嗎？」我問。

「欸？」她懷疑似的說，手指也不自覺地放到了耳邊，好像真的在講事情一樣。

「說多可能不多，但也最好不要空無一人，那樣看起來很冷清，就算有美味的食物吃起來感覺也不會好吃了。話說回來，餐廳人多人少跟我和他的約會有什麼關係呢？」她問。

「當然有關係，以我來說的話，人多的時候我會覺得不自在啊，就沒辦法好好享受美食，也沒辦法全心全意地面對眼前約會的對象，心情上一受影響，就可能做出失誤的擊球，最後可能會是一個失敗的約會，那最後的『狠狠地做愛』自然也就會落空了。」我說。

「原來如此。」她說。

「但不對阿，我相信我約會的那個對象就算面對這樣的情況，他也能從容且優雅地跟我約會，而且如果那個人是我願意出來約會的對象，那他必須擁有這樣的資質才對。」她這樣說。

「我知道，我知道。」我擺手。「我只是說如果是我的話，如果到了很多人的地方，可能就會沒辦法感覺不太舒服，一兩個人還好，但如果是十幾個人的餐廳……」我話還沒說完就被她打斷。

「第一點，我並不是要跟你約會。第二點，難道你不覺得兩個人一起在看見星星的餐廳下悠閒的吃飯，是件很有氣氛的事嗎？」她說。

「確實聽起來是件很有氣氛的事情，但在人多的地方無論嘗試了多少次，我都只是覺得很辛苦而已。」

「怎麼會呢？難道你高中的時候沒有參加社團、大學的時候沒有去夜店，之後也沒有去看任何的籃球比賽嗎？我記得你以前不是有參加系上的籃球隊嗎？」

「那完全不一樣啊！不論是去夜店、社團裡面、一旦我踏進那個地方，都沒有一定的規則告訴我說『嘿，你現在該做些什麼』。但如果是打籃球的話，碰到別人的手怎麼樣的程度是犯規、敵隊頸部以上的位置是不能觸碰的、什麼時候要替隊友製造空檔、什麼時候該做些什麼，這些我是知道的，而且是在練習無數次之後那樣熟練的事情。」我說。

「但只要到沒有規則的地方，我就會無所適從，就算別人對我很友善、又或者其實他們根本就不想看到我，但那些我卻一點也感受不到，我想搞不好我的本質上，是一個有一點亞斯伯格症狀的人呢？」

「我想你的意思應該是，你欠缺讀空氣的能力嗎？」

「什麼？」

「不會讀空氣的人缺乏感受現場氣氛的能力。換句話說的話，只要你去一個『沒有任何規則的地方』，你就會變成一個手足無措的人，是這樣的意思嗎？」她問。

「或許是這樣沒錯。」我說。

她嘆了一口氣。

「嘿杜，你是一個好人你知道嗎。我可不是在嘲諷你或是說什麼反話，而是我確實理解你的本質，你是善良的、願意聽人說話的，也許你有時候會有一點看不懂氣氛，雖然這點蠻蠢的，但我確實知道你是什、麼、樣、子、的人。」

「你並不是擁有什麼亞斯伯格症，只是當沒有任何規則，當你可以展現自己的時候，你就會變得過於害怕。」

「其實就算做了些什麼事情也沒關係的，你確實在某些方面是『有點笨』的人，我想你應該知道我並不是在說你的聰明才智，但你是可以去接納自己的，關於這點，你知道嗎？」

「我想我知道。」我沉思了十秒鐘後說。

她又嘆了一口氣。

「不，你不知道，你只是因為我說了這些話，你心裡覺得說『我知道』是沒問題的，所以你才會這樣說。」

我一語不發，我不知道現在應該說「我知道」或是「好吧，我不知道」哪個比較好。

「嘿杜，我想我會這樣跟你聊這些變態話題的原因只有一個，就是你確實會聽我說，而不是像那些其它只想要我張開腿的男生那樣。」她說。

「恩。」

「就算別人說了些什麼也無所謂，這是一個這樣的世界喔。」她說。

「最近老王樂團的演唱會不是很紅嗎？我們可以去看阿，而且正妹應該很多喔。」

「你不是很少聽歌的嗎？」我問。

「我都說了，這是一個氣氛，氣氛的問題懂嗎？跟別人一起尖叫歡呼，沉醉在某種氛圍裡，就算彼此都不認識，但也因為這樣大家的心好像又更靠近一點了，那不是一件很棒的事情嗎？」她說。

「總之就是這樣啦！」

「唉！裝模作樣的約會實在太累了，到底哪裡有單眼皮的帥哥，我們直接省略前面的一切開開心心地在什麼地方快樂一下呢？」她最後說。

失聯

後來聽說有一陣子你都不再哭了
後來聽說有一陣子你戒掉酒了
後來聽說有一陣子你不再去夜店勾搭男生了
後來聽說有一陣子你開始活得像是一個正常人了

後來有一陣子
我們見面就不再說些低級又廉價的黃色笑話
後來有一陣子
我們見面就只會一起拍些美美的照
後來有一陣子
我們聊天就只剩下輕聲細語的笑
後來有一陣子
我們就不再討論那些年輕男同事了

後來有一陣子
我捧著你送的花盆
餘光一往下
你喜歡的花就噗簌撲簌地發芽

後來你溺死在臉書上
一如你的既往
你曾對我說
已經撕掉、皺掉的日曆
就讓他飛吧

我知道
我知道
我只是曾經知道
所以我難過的
一滴淚不掉

早晨就要說早安與歡迎光臨

你想要的日子是純白的
所以我也是
我養的貓與狗在大樓裡迷失了
但沒有人在意
布穀鳥只記得專心打卡
準點報時・六點下班

疲於奔命的日子
架上的標籤都是那些廉價的節日
但始終沒有擺放真正奢侈的百貨
與足以讓我放聲大哭的謊
節氣一到收銀機就開始哀嚎
日子未過完就要跨越時區

早晨就要說早安與歡迎光臨

後來就學會當一個更高明的觀光客
矇著眼買愛
手裡的ＤＭ隨意讀過
把所有結帳的精品丟進垃圾堆
這個世界狂風暴雨
我們的雙手沾滿了灰塵

親愛的
你早上遞給我的那杯冰咖啡
味道終於變淡了
但我不確定那純粹只是冰塊融化
或參雜了其他被默默稀釋的問題

我只是希望，妳在我身邊的時候能對自己寬容點

匿名：阿區，我的女朋友說跟我在一起壓力很大想跟我分手，原因是我給的愛太多了，請幫我寫封信跟她道別。

親愛的，我上個禮拜跟一個女生約會了。

這是跟妳分手半年後我第一次跟女生約會，都是七夕害的，出差的時候住在旅館隔壁的情侶打炮聲音太大，當叫聲透過那沒什麼隔音作用的牆壁傳過來時，讓我不禁想著妳現在做什麼，也許在工作吧，還是跟我不認識的誰在某個旅館做愛，一直以來我們唯一的共通點就是只為工作而活，為一個喜歡的工作而活直到老死，不是每個人

都遇得到的，那是妳那個時候對我說的話。

親愛的，我還會這樣叫妳親愛的是因為我不會把這封信寄出去，我也不會在這封信後面留下妳的名字，所以關於這點，請保留給我最後一點奢侈。

親愛的，那個約會說順利也算順利，說不順利或許也算不順利，總之就是兩個人出來吃吃飯，看看電影，約會不就都是這樣？但結束之後我就失去力氣了，比起犧牲寶貴的睡眠時間聊著像是「妳今天去了哪裡？」「主管今天又罵妳了嗎？」這樣每天都會發生的瑣事，我不如去好好睡覺、或是把我的工作做得更完美，我不禁想起我那戀愛經驗豐富的朋友L對我說：「一切就是要順其自然。」

親愛的，最近我在看「機智醫生生活」，妳知道那部劇嗎？他是講五個唸醫學系的好朋友畢業後在醫院工作的故事，這讓我想起我以前唸大學的時候一起打球的那些朋友……騙妳的，我根本沒有那樣推心置腹的團體。別誤會，其實我也擁有很多很好的朋友，但他們不是年紀大我很多，就是隔個兩三個月才會聚在一起的傢伙。離題了，我想要跟妳說的是，妳還記得妳最常抱怨我的事情是什麼嗎？每當妳說一件妳最近做的事情時，我從來不會批評妳，或告訴妳怎麼做才會更好。

「這樣我永遠也不會進步啊。」妳最喜歡這樣說。

但我從之前就已經習慣那樣生活了，批評或談論別人從來都不是我喜歡做的事情，當然，妳不是那個別人，但我知道妳給自己的壓力已經夠大了，我只是希望妳能放鬆一點。

我只是希望，妳在我身邊的時候能對自己寬容點。

所以當我看到劇裡面那個對人嚴格又冷酷的醫生，我馬上就想到妳了，沒想到分手了那麼久，我還是擅自幫妳物色適合妳的對象。像他那樣對人冷酷、毫不害怕得罪別人說出別人缺點的傢伙，偶爾又有神來一筆的溫柔，那樣優秀的人，比起我肯定更適合妳吧！當妳提出妳的質疑時，他就會冷靜又不留情地提出妳需要的解答，再好好地抱抱妳。每當看劇看到一半的時候我就會忍不住難過地這麼想（但因為劇很好看所以我還是要把他看完）。雖然不曉得這樣的人是否存在，但這個世界很大，誰曉得呢？

當初妳一定是誤會了什麼，才會跟我這樣平凡又普通的傢伙交往吧。

親愛的，我想我之後沒辦法繼續叫妳親愛的了，帆船終究是要開的，人就算永遠不開口說話，也能活下去，就算一直流血，我也不會死，日子流動的感覺很慢，我也開始不輕易地為什麼事情感動。

或許人都是這樣變老的。

你始終是大家的雨

ICE：阿區，我在十九歲的時候得了癌症，那個時候我很難過也很害怕，但唯一會來看我的學長卻在一年後出車禍過世了，我真的真的很難過，為什麼死的是他不是我呢？請你幫我寫一封信給他。

相片裡幼稚園化裝舞會裝扮成小紅帽的場景
似乎不適合快轉成另外一位綁著紅頭巾的少女

那個時候我經常覺得自己是灰
一不小心就會散落進別人的呼吸裡
他們總是一邊逃跑一邊咳嗽

但後來我就不在意其他人是否皺著臉對空氣揮舞
也不在乎他們恨我
我只怕會弄痛了你
你是偶爾才會見到的雨
遇到你的時候我就濕潤的以為自己只是一般的泥土地

後來你跟我說了好多想去旅行的地方
但我一個都沒有去
我不知道我是怕了雪
還是怕會從雪裡看見天空落下那些凝固的你

但你是始終是大家的雨
我說我不在意
那時候我跟你說了謊
我很後悔

但你死後我仍然繼續說謊
在沒有你的地方持續散落
即使剩餘的溫柔一點也沒有

而後來他們笑的時候我也就跟著笑了
我終於也不再是灰
卻也沒有雨了
雖然沒有對你說
但一直等不到的閃電我應該不會再怕了

但後來的夜晚就愈來愈暗了
我想我分不清最後看到你活著變成我故事裡的壞人
或是只能在夢裡愛你
哪一個比較幸運

輯三

失去的日子
多過**相處**的日子

只聊彼此，但也不聊彼此

後來作品出來的時候，還是忍不住跟妳報了平安，我以為日子一直走的話所有的事情就會變得冷漠、變得正常、變得普通，但失去的日子多過相處的日子，我們能互相了解的，終究只有短暫相遇時的那個過場，在那短短的時光裡互相發問，擁抱彼此的破損。我也曾經想過，如果那樣的日子不是美好且潮濕的，我是否就能把後來的斷裂都放下？後來脫口而出的那些傷心往事、幸福時刻、一起創造的作品，就是我們希望記得彼此的模樣。

橋是陰暗又遙遠的，關於妳所有幽暗的日子，我都還記得，但我們一句都不提，只聊彼此，但也不聊彼此。我也只能說那些我們都還能說的話，「公司的進度如何？」

「最近的人生如何？」那些大家都能聊起的話題，淺淺的，也亮亮的東西，如果有人偷窺了我們的對話紀錄，一定會覺得我們就是那種看似正向又積極的人。說起來，沒辦法的事情是，我們終究變成了遙遠的人，能走過吊橋的東西，也就剩下那些話語，太多太多的東西，都會失足落谷。

也記得我們一起去看電影的日子，我們看了一個為了寫東西而不顧一切的作家傳記電影，妳真摯地說那個人的樣子就是我在妳心中的樣子（天知道我是不是那麼偉大的作家），也開玩笑地說著假如有一天妳影響到我寫東西，那妳就會離開我，妳為什麼能這麼平靜地講出如此悲傷的話？我到現在還是不懂，但那就是我充滿苦悶的二十幾歲生活裡最快樂的時光，那樣的時刻或許一輩子都不會再有了。

我想我們是真的不可能再回到從對話中探索彼此的時代，再談一場戀愛，透露出一點點的資訊然後又急著獲取對方更多資訊的那個時代，那對兩個人之間的關係來說就像一種儀式，重新開始太顯刻意，什麼都不說又顯遺憾，結束的東西無法重來。

很美很美的裝飾品

你笑的時候眼角有細紋
我曾棲息在那裡
想像一棟大房子
但那裡沒有床墊和茶几
也沒有傢俱
只有我和你

空虛的時候
寫一封信
但不告訴鴿子
他該往哪裡去

你知道的

回憶是個容易誤判的東西
但他當年怎麼撕裂你的心臟
現在就一樣會怎麼撕裂你
儘管他可能也不是那麼樂意

有些人是很美很美的裝飾品
但並不適合放在身邊
只適合遠遠欣賞
就像街頭巷弄彈著吉他的背包客
不會想要在風吹雨打的日子
拿著
約翰藍儂的吉他吆喝著旋律

但有些人天生就不適合築巢

微濕的日子多情偶雨
在陽光兼差詐騙集團的四月
終於曬乾的姓氏要記得收好

而我們住過的地方都曾經是天堂
所有和你待過的房間看起來都充滿暗喻
在冒著泡泡的牙膏唾沫裡偷塞一點情話
他若不戳破
我就不醒

但有些人天生就不適合築巢
他一伸出左手蓋好
右手就會拆掉

你知道多細密的門孔都會留縫
在玄關流了滿地的情話
就算塞滿了縫隙
他還是會沿著地磚溜走

在預算不足又缺人手的恐怖片裡給自己做提示板
想找出殺人魔漏掉的倖存者
但這裡已經沒有活著的人了
而你們在復活節一起養的兔子
也早就跟人走的遠了

我想我是真的無法阻止自己變成你生命裡的一種過錯
不管怎麼哭
你的世界都不曾被我淹過

所以我們是否就變成了更加冷酷與精準的生物

我想我正經歷所有對話都變得相對簡短的時期，即使像我這樣不擅言詞的人對話也不停對折般的刪減，把所有的事情都細心貼上標籤，每件該做的事情都逐句寫下。有些對話別人或許不需要，有些情緒旁人不願意接收，把所有情感都去蕪存菁，只留下做了什麼事情以及原因。我不曉得那樣匆忙的日子是否會讓我變得更加冷酷，而大多數的對話在日常中不停重複，你有時候也無法認知那些是否是真實存在的話語，或者這就是人生必須經歷的例行公事。

就像工作一樣，做久了所有的事情只要變得更加冷酷與精準，我們就覺得能夠控制好生命裡每一個可能性，什麼樣的事情都不再出意外，並覺得那就是專業而沾沾自喜。

後來我仔細思索我是怎麼變成工作後的我，但卻沒有任何一個結論，應該是說工作之後，大家就都開始試圖變成沒有任何感情也習慣不對事情保持遺憾的生物，那樣比較無害，事情做起來比較簡單，也不再需要流淚了。我們會記得教訓，習慣跳過那些看似華麗卻虛無的開場白，直接進入正題，認為那樣終究比較成熟。

所以習慣性地略過了試圖探索別人、與他人小心翼翼交換資訊及忐忑不安的那段時期，而有些交流只要投的深了，抽離時也會相對辛苦，你已經經歷了太多與他人之間感情的連接又斷裂，說起來，除了變老與受傷以外，我們只是變成了更懂如何自嘲的那類人。

比起受傷，你更厭惡的是一個又一個關係裡的周而復始。

後來我想起iphone上面跟Ｂ一起出遊的倒數日，不曉得有沒有人知道倒數日到了以後他仍然會不停繼續數下去，「距離那天經過了五百二十一天」，他在每天早上九點提醒我，我可能再也不會和她一起出遊了，也不可能再用一次那樣的態度重新認識任何一個人。

後來寫的信，我一封也沒寄出去，都只是些無法署名的東西，有些事情像雕刻的沙雕開始變得有點風化模糊，我想那是我變得更冷酷的關係，如果我不每天睡覺前努力記起那時候我們在一起的樣子，要如何證明我們曾經一起存在過。

互相承擔

「降落困境」。在空白的平面寫下這幾個字，實際上卻沒有什麼真正特別的困境，與其說沒有遇到困難，倒不如說是擁有的日常裡就存在著各式各樣平凡的困境，只是，那是是誰都會遇到的事。

「隔壁的鄰居晚上打電動太大聲、劇本的截稿日期、新來的病人叫小孩和我說叔叔再見（不……）」，儘管所有人都擁有困境，但每個人的重量卻不盡相同。

後來我曾斷斷續續地想起我們彼此分享困境的夜晚，雖然說是分享，但我其實大部分的時間是在聽你說，說起來，有時候人與人之間就會產生那樣子的關係，不知不覺就會變成一個人聽一個人說、一個人講一個人附和、一個人愛著另一個人而另一個人習慣被愛著，直到有一個人無法承受那樣子的後座力而終於停下了這件事情為止。

後來發現，某天開始就不再在很晚很晚的晚上打給我了，也不再跟我說已經決定好要在什麼時候自殺，也不鉅細靡遺地跟我說所有的細節了。那時我也曾經以為只是你日常的抱怨，直到有天你吞下了一堆安眠藥再打電話給我，後來我飆車衝到你住的地方踹開房門再拖著你到醫院去洗胃。那個時候我很害怕，但我不知道我是害怕真的有人會死掉，還是害怕有一個人在死前最後一刻選擇跟我講話，我不知道我是害怕前者還是後者，那個時候我覺得自己很懦弱。

之後我或許有一點點發現我們不再那麼常聯絡的原因，是因為我們漸漸被其他東西給填滿，但通常不是為了什麼偉大且高尚的事情，所謂其他的東西，其實只是累而已。而會早睡的原因很多時候也不是因為明天有什麼遠大的目標，只是因為明天要上班而已，不早點睡明天會很痛苦。

後來還是記得你把心裡的垃圾丟到我身上的那些時刻，那麼的緩慢，偶爾想想以前的自己為什麼可以承受那麼多的東西，說起來我只是不希望你真的受傷而已。

或許我也只是自私地希望當有一天我終於受了無法承受的傷，而開始不自覺對人叨念時，我的罪惡感會減輕一點，想起我也曾這麼為誰做過。

修行塚

你在床頭說的所有情話是剩餘苦難拋來的碎鹽
一接住就滿臉苦水
日子太長
愛要慎說
而我們缺乏白晝夜晚都願意曝曬的太陽
你的結晶始終無法兌現
我記得我被重複殺死在
同一個黑夜

但仍然沒有客製化的流程
教導人類如何面對世上所有的惡意

所以就把自己蓋成華麗的塚

所有想進來的人都要淪陷
後來所有的愛都太廉價
我栽了一萬朵玫瑰
但沒有一朵為你綻放

而我們正在崩解的道路上
用破碎的筆跡
盡力畫滿所有空白的日子
我知道
你的名字跟我的身體
正一步步風化
而所有不夠鹹的眼淚都無法一刀致命

有人在這座山頭蓋好了墳塚
他始終期望
有天會被你不經意地路過

記得與遺忘通常是用同一種動作

一個深邃的名字在夢裡醒來
星期五晚上的酒吧
有個男人在等你
想像草地、盛夏、搖滾樂
聊那些只有你們懂的話題
沒有妥協的接吻
那時我們還不相信愛
我們以為懂愛

在所有五月旅行的行程表加上may
在他變成maybe前盡情浪漫
別在床頭問太過尖銳的話題
尚未戳破的戀愛是春藥

在臉書排程好所有可以炫耀的合照
在真相來臨前
憑想像力就可以高潮

在月底截稿前的日子一起雨中漫步
別輕易牽手
走過的路愈來愈皺
所有的事情都開始適合被揉成一團丟進垃圾桶

在某個人再也不會回來的某天早上
撿起他掉在地上的一根骨頭
在兩側釘上日曆
用細碎的日子把他搬運走
保存一件事情的方式有很多種
幾滴眼淚
幾顆百憂解

幾根長短粗細不一的陰莖
而所有的日子都是扁的
而記得與遺忘通常是用同一種動作
我們一起陷落

後來我們開始懂得用更戲謔的方式講話
也過細碎的生活
雖然我並不渴望弄髒雙手
但我仍然習慣搬運柏油桶
直到所有的日子變成黏糊糊的瀝青

有些東西不曾離開

給無人知曉的B：

我想我還是會在這裡持續做著一樣的事，白天一個靈魂工作，晚上分裂一個靈魂寫作，這樣像是工作狂的日子我應該會持續到死吧（我想妳也是一樣），即使像我這種沒毅力的人也能如此努力，不禁有點佩服自己。倒也不是說白天那個人並不是我，我只是心理嚮往著便宜行事而不知不覺變成了凡事都通情達理的傢伙，如果每件事情都要抱怨並反抗，人生很多事情就會進行不下去，基本上我們就是一邊承載著這個世界的誤解，一邊把工作做好。

說起來，我並不奢望自己能理解別人的辛苦，但只要把禮貌與客氣掛在嘴邊，在大多數的時候就不會造成別人太多的麻煩。

客氣來客氣去有時候並不是虛偽，而是一種體貼。

但不知是幸或不幸的，我開始對這個世界裡某些人對我懷有誤解這件事情愈來愈失去感覺，大多是工作時易怒的客人或是無法好好對話的病人，以前可能會難過，甚至心裡湧起大聲斥責的念頭。但過了幾年，我心裡確實被放置上了某個容易消氣的裝置。我開始並不真的在乎那些純粹為了發洩情緒或是一時憤怒而辱罵我的人。只要能確認心裡中心的某一塊，就能建立自己的存在而不太容易被什麼影響。而有些東西不會離開就是不會離開，只要能沉穩地記得這件事，所有的事情都會變得更好過一點，就算做的事情再孤獨都一樣。

給無人知曉的B，今天的雨下得很大，大到我覺得全世界都淹水了，後來多次想起用各種不同形式的署名寫給妳的信（到底為什麼會記得那麼清楚呢），以前我經常希望妳可以對嚴格的自己寬容一點，但我現在只希望還能夠在失去精力的夜晚偶爾聽妳分享些什麼，那樣就夠了。我們的努力就跟那些水一樣，終究不知道有天會不會不小心就降落在某些需要這些東西的人身上。

雖然日子跟住的地方都很遠，只要關上燈所有的往日都會一一浮現，在三十歲以前充滿苦悶與漂泊的所有歲月之外，遇見妳的日子是我擁有過最幸福的時光。

無論如何，我想我還是會繼續寫信給妳吧。

很久很久以前的人

給無人知曉的B：

這是我不曉得第幾次寫信給妳了，寫信的時候，我不禁想著，像我這樣子頻繁地對妳寫信，算不算是一種消費？消費我們生活過的日子，消費我們樂此不疲地把那些沒有意義的日子變成有名有姓的紀念日，然後再讓他們回歸塵土的時光，我知道妳不會介意的，但某部分的我很介意。

後來的日子走路的步調，都變得愈來愈慢，耳邊人群的對話聲，像是調不準頻率的收音機，切的忽遠又忽近，如果我們都不是那種一輩子甘願只為一件事情而活的人，那相遇時的擦撞最多也就是禮貌地看一眼，然後快速避開對方的眼神，可能再小聲地說「對不起」，最後就漸漸消失成人群裡的小點，那也就夠了，那是城市裡人與人之間最友善的距離。

L跟我說，談戀愛的時候，你的身體都會有一部分被帶走，每一次分手，你跟對方都會變得更支離破碎一些，直到最後，身上會帶著許多人的碎片找到一個願意跟你一起變老的人。也許有一天，變得很老很老的時候，我們也會變成彼此口中那個「很久很久以前的人」，光想到這點我就害怕，但我不知道我害怕的是變老，還是你可以用輕鬆的語氣說出：「喔，很久很久以前有一個這樣的人。」

最近的日子很忙碌，但我說不清那是真的忙碌還是庸庸碌碌，我想我們都在試著完成一些什麼吧，已經忘記是誰說過純真的愛是最珍貴的了，但我們相遇的時候，卻早就已經是複雜的人了。

如果我還能擁有對妳說一句話的額度，我只希望，妳可以對自己寬容一點。

我們一起變老好不好

我們一起變老好不好
變成日劇裡會一起手牽著手逛公園
的那種老公公和老婆婆

我們一起變老好不好
變成那種就算有天我死了你還是會笑著對著孫女說
外公雖然不常笑又頑固
但其實是個溫柔的傢伙喔
的那種老公公和老婆婆

我們一起變老好不好
變成那種會一起嚷嚷
啊現在的３Ｃ產品怎麼那麼難用啊

的那種老公公老婆婆

我們一起變老好不好
變成那種每天都看得到的平凡夕陽
但只要想到就會有點溫暖
的那種老公公老婆婆

我們一起變老好不好
變成那種坐在暖爐邊
講那些早就講了一百次的戀愛故事
小孩子聽到就會吐槽
的那種老公公老婆婆

好不好
我們一起
變老

昨天失戀與今天失戀的區別

他曾在你的生活裡
栽種年輕的承諾
豐沃著一些
最後結不起來的果
忘記了防腐劑的枯萎
流些
會讓你死去與長大的淚
那些習慣循著路燈回家的人
一個一個
繞起遠路
流浪遠走

昨天失戀與今天失戀的區別

提醒自己
要更有勇氣的覆誦口訣
對自己撒一些體貼的小謊
我過得更好了一些
你曾經是個浪漫的人
現在也是
未來也會是

（送給失戀一陣子的R）

要寄給妳的信都還留在海裡

在這個世界的哀傷變成無人知曉的空響前，我還是想為妳留一封信。讓妳知道那樣子的想念是什麼，以及我所身處世界的絢爛與貧脊。

是的，是關於所有的絢爛與貧脊。海鳥振翅劃過天空的聲音與躲著太陽的螃蟹。

在信的前方留一株橄欖枝，直到冬天來臨前，妳可以一品夏日的涔涔。

我有時候期待妳閱覽，但有時候不期待。

妳經常說妳是分裂人格的綜合體，裡頭充斥著憤怒與混亂，冰冷的溫度經常把妳侵蝕成無聲無息的冰磚，如果我內心的溫暖可以在妳需要的時候即時傳遞給妳就好了，就像準時到站的火車頭，上面載著錯愕到來不及悲傷的乘客，我不只一次這麼想。

妳知道嗎，如果這個世界是與世無爭的，我並不害怕死亡。

如果可以獨自一個人默默沒收妳所有的陌生與悲傷就好了，我不只一次這麼想。如果我們的體溫可以融化這一切就好了，我不只一次這麼想。

如果妳害怕的話，親愛的，我並不擔心妳衰老，我甚至不覺得妳會衰老。

親愛的，我並不害怕別人對我的評價。

你卻成了整個海灣

當有人問起的時候我早就已經忘了。

我已經忘記當時怎麼把你撈起來，也忘記我是如何把你帶到那裡丟棄。

說起來，你帶給我的快樂幾乎平等於你交給我的痛苦，我會說是平等的原因是我寧可相信他們是平等的。當你帶給我的苦難把我壓到不成人形時，我就也告訴自己你也曾不顧一切地給過我快樂，給了什麼不重要，只要那時的你也是一心一意就好了，一如我不顧一切地把那時的自己都交給你一般。

但不知不覺我已經習慣潛水了，習慣終究是不知不覺養成的，當現在的我走過帽子店，仍然會不自主地想著哪頂可以好好搭配現在的你，儘管你再也不戴了。

每當遇到痛苦與困難的時候，我就習慣潛入有你的碎片存在的海灣，我不知道這是一種逃避，還是一種依賴，或是其實我打從心底樂於這樣子的沈溺，也不知道會不會有丟下這片海灣的一天。

本來只是想把你丟入海溝，你卻成了整個海灣。

不是情詩

夏末的尾聲
你變得沒那麼愛拍照
沒那麼愛炫耀
也慢慢地無法獨自看完
一整部電影

煩惱是一盒的詩
適合盛裝情緒但
不太適合讓人懂
雨水、初吻、童年死去的蜻蜓
我們若不是被自己淹沒
就是爬出來後忘記替自己命名

在黑夜裡風雨交加
所有小舟都翻覆的時刻
我真的曾以為我們一起罹患
同一種病

我後來的時間曾是你給的
那裡並不存在著善良和公平
所有耳語會呢喃的夜裡
別只把愛我當成一句話
抱緊我
拜託
拜託

理想的靜好

理想的清晨是醒來時旁邊躺著你
輕吻你的眼皮
然後
在你死去的路上死去

理想的下午是在靜好的黃昏
在河堤旁望著掉落的松葉
我分不清　我們兩個
誰看起來比較枯萎

理想的夜晚是在某個微不足道的紀念日
沒有來由的嘔吐
我一手拿著刷子　一手抱著馬桶

我一邊把浴室打掃得一塵不染
一邊把他弄髒

親愛的　有一天
這些故事也會變成別人口中的過去嗎
他們會流向大海
跟許多人的悲傷混在一起
讓我知道這一切其實都微不足道嗎

親愛的　有一天
如果有天我不再這樣寫詩
代表我已經忘記你了
忘記那些疤痕與百憂
忘記那些正能量貼文
忘記八卦的親友
忘記雨日

忘記靜好

親愛的　約會的第一天
我就看見剛結婚的灰姑娘在跟他的保鑣調情

但我不信

親愛的　理想的清晨
是醒來時旁邊躺著你

親愛的

即使早就知道路是佈滿荊棘，但只要互相信賴的話，或許什麼樣的難關都無所謂。

我曾經是那樣地相信。

人生就是不停的失去，當這句話在我心裡不斷響起時，我不只一次相信那不會是我們最後互相流逝的原因。

失去你的時候這個世界很平常，空氣並沒有變冷，路燈沒有閃爍，雨也沒有突然落下。

我一邊聽著《夏末長信》一邊試圖寫著句子，儘管如此文字卻像沙子般不停地滑落手掌。

你知道嗎，我並不害怕那些流逝。

大學畢業沒多久的時候，我的高中同學分手後在臉書上絕望地寫下「我們終究無法走過，最後的難關。」

儘管已非少年，但我突然能理解他的絕望感。

我們終究太習慣只依賴自己了，如果不努力伸出手告訴對方可以信賴的話，拚命為對方搭建的橋終究會垮，讀過會流淚的詩也會再濕潤一次。

所以最後能依賴的人終究就剩下自己了，但剩下自己的時候，就把自己拾起。

所以我們就相信自己曾經留下最美麗與最帥氣的樣子，然後在各自的路上前行。

行路的夜晚即使沒有燈光，只要想起曾經抓緊過的溫暖，那就不怕黑暗。

親愛的。

永遠不會飄雪

說起來，某些事終究是悲傷的，有些人就算不去和他談戀愛，也還是有人會為他哭濕枕頭。有些話閉口不語，也還是會在某部電影或是某首歌裡聽到看到那些彷彿是為自己而說的句子。如果半年前沒突然腦袋短路走進那個一年只會去一次的寵物用品店（平常也總是用網購的），我所得到的東西就只會是那些寵物罐頭與收據。

緣分還是奇妙的，明明我們是這麼普通的兩個人，有著那麼多的缺點，卻覺得自己心裡的船大到什麼都能裝下，平行世界裡的我們不曾看過彼此也不會想著一個素昧謀面的普通人想得要死，卻能興奮地一起規劃好幾年後的事情，也提不出終有一天可能會分開的備案。

你離開以後的第五個月，我去之前一起旅遊的地方出差，自然而然地訂了一起住過的飯店，知道是沒什麼意義的事情，撫摸著床沿的時候好像以為會有什麼魔法突然改變，像我這麼正經八百的人竟然也會想這種不可思議的事，大概是有病吧。

說起來，我們總是努力把最好的自己交給對方，隱藏了我身體堆積著那麼多的自卑、懦弱與害怕，這樣子的我，真的有資格去擁有我們曾經一同存在過的情感嗎？

這是你離開之後，我住的地方第一次下雪，我知道你不喜歡雪，凝固太久，就什麼都會麻木、僵硬，情感也是，我們也是。

掙扎太久的東西易碎。

我希望，你住的地方永遠不會飄雪。

來自夢裡的手記

那個時候，正在交往的女人對我說，如果是為了創作，把她拋棄也沒關係，如果是為了靈感，要出去跟外面的女人亂搞也無所謂，「如果有一天你因為太過在意我的人生而影響你的創作，那我會毫不猶豫地離開你。」我們在看《太宰治》的時候，她這麼對我說。

儘管她大概每兩個月就會嚴肅說起一次這樣的話題，但我卻都一笑置之，跟她在一起的日子就是我這麼痛苦的多年以來最幸福的時光，也從來沒有一刻想過要跟外面的女人亂搞，那樣的想法，一次也沒有出現過，因為我已經跟這個世界上最完美的女人交往了。

與其說寫東西跟我共存，不如說我不要臉地抓著寫作不放，如果可以跟當時正在交往的女子白頭偕老，我一輩子都不寫東西也無所謂。

那時候，我心裡是這麼想的。

但她最後還是離開了，交往的期間，我們幾乎沒有吵過架，也幾乎沒有冷戰過，甚至剛分手的幾天還能傳賴聊天。

但那又怎麼樣，離開的東西終究是離開了，美麗的東西，碎掉的速度比你想像的還要快。

但只要記得擁有過什麼的痕跡就足以讓我的碎片看起來不那麼零碎。

所以我沒有東西可以送你

所有適合接吻的對象都還在沉睡
沒有一朵玫瑰甦醒
所以我沒有東西
可以送你
想要殉情的情書沾了一身的火藥
看見爆炸的人以為那只是另外一場
無聊的煙火

想要一夜情的人還沒找到營地
車子裡的罐頭就通通過期
所以我沒有東西
可以送你
我們只能是一些廉價的電影

在潮濕的床單上擁抱
打卡前所有的長相就都要忘記

在逐漸忘記童話的日子裡
站在一人一半的連身鏡前
還是舉不起手拒絕你幫我翻好衣領
我終於確定我厭惡自己
我已經無法確定
愛跟依賴是不是同樣的東西
我呢喃的日子有一半是屍體

親愛的
我的心已經小到無法支撐我自己
真的很抱歉
所以我沒有東西
可以送你

在很久很久以後
成為你的很久很久以前

炮竹慢響
世界跟你都尚未冷卻
請記得人生比日子冰冷
抬不起的幸福
務必輕拿輕放
小心炸傷

別急著當鼓動人群的小丑
就算說服別人拿起掘墓鏟是種才華
但看好戲的暴民永遠比信仰你瘋狂的人多
一條假破綻
他們就會在

沒死過的地方為你挖墳

所以終究還是要結清
我們假裝為了誰哀悼而說的謊
但四月以外騙人的稅賦太重
胳膊上刺了一條條的借據連本帶利
終究無法償還
我只想在陽光不再燦爛的日子前
許下最後一次心願

當一株你無法擁有的牡丹花蕊
在你來的及錯愕前凋謝
這樣我是否就可以永遠奢侈地住進你心裡
在很久很久以後
成為你的
很久很久以前

輯四

沒有全部是**烏黑**的河，
也沒有永遠**透明**的海

獨自上路

本多是個悲傷的人。

本多今年四十歲，他不笑也不哭，平常幾乎不言也不語，只在工作的時候說必須要說的話。當其他男生聚在一起講黃色笑話的時候他嘴角會微微上揚，但別人做球給他時他也只會靦腆地笑。他曾經試圖說有趣的事，但吐出來的字句近乎沒有意義的呢喃，所以他後來就放棄了。跟女生一起上班的時候他很安靜，女同事聚在茶水間閒聊八卦的時候會說本多是天下最無趣的男人，但只有小美知道，每次本多去抽菸的時候，他會把大家抖到地上的煙灰掃乾淨。

被上司罵的時候本多也不會回嘴，也不擺臉色，也不說那些看似回應卻語帶譏諷的話，他就聽，不論那是不是他的錯。結束就走回座位辦公，像是什麼事都沒發生過，上司偶爾會說本多不知反省。

回到一個人居住的公寓時，他會呆坐在沙發上看新聞，偶爾嘴裡吐出沒有意義的字句，那是本多少數會開口的時候，打開line的時候除了工作跟廣告的群組，沒有任何對話框變成綠色。當詐騙電話傳來女生的聲音時，他會假裝不知道那是詐騙電話跟裡面的女生聊天。

本多是個悲傷的人，雖然他過了二十歲以後幾乎不曾哭過。

每次走在路上的時候他都獨自一人，他覺得日子跟記憶都疊成一塊塊的，但偶爾起風的時候本多的右手會突然緊握，他會想像自己牽著某個女生的手。

他總是獨自上路，只是偶爾以為某個地方會有個人可以讓他祝福平安健康。

普通的人普通的孤獨

渡邊是個個性相當安靜的人，喜歡做的事是閱讀和看電影什麼的，大學的時候幾乎都在做這些事情。平常就跟同樣安靜的同學們混在一塊，打嘴砲，開些無關緊要的小玩笑，偶爾跟在鄰近地方念書的高中朋友相約吃個午餐或晚餐什麼的。因為相當安靜且總是能迅速做好份內的事，似乎是被當成可靠的人，偶爾會有人來拜託他許多事情，許多相當麻煩的事情，有些甚至可以說是無理，但通常渡邊也因為嫌拒絕別人很麻煩，所以幾乎都會答應下來。

有的時候朋友會約他去跟別系或別校的女孩聯誼，他也是無所謂地就去了，通常，他是安靜的，但偶爾會配合朋友說一些笑話，有些女孩覺得他很沉悶就沒有進一步聯絡，但有些女孩覺得渡邊似乎是個害羞可愛的男孩，於是在聯誼之後，兩個人會繼續連絡，有些女生會變成渡邊的女朋友，他們偶爾會出去約會，也會做愛，但都不知為什麼過了一陣子女生就會離開渡邊，他也不明白原因，但既然都走了也沒辦法，有一個女孩在離開的時候告訴他，「我實在感覺不出來你有愛過我。」

畢業之後渡邊進了一間普通的科技公司上班，在那裡他認識了後來的妻子，也生了兩個女兒，但結婚之後兩人才發現彼此的個性差異太大，渡邊本來想為了孩子硬撐著，但後來老婆實在受不了決定要離婚，在離婚後，她帶走了其中比較小的女兒。

老婆離開以後，渡邊就這樣一邊上班，一邊看電影、小說，再一邊撫養大女兒長大。大女兒似乎是遺傳到了媽媽的個性，小時候相處還融洽，但長大成年搬出去之後卻因為不明的原因，開始拒絕跟老爸說話，原因可能是因為小時候缺乏媽媽陪伴的緣故，讓大女兒不由自主地對老爸懷恨在心吧，渡邊始終都不知道原因是什麼，但大女兒除了過年會寄卡片回家，其他時候已經不願意再跟老爸說話或有任何接觸了。

於是，從那時候開始，渡邊又開始過著一個人的生活。

他偶爾會收到小女兒的來信，小女兒也長大了，且個性似乎不像大女兒那麼倔強，二十八歲的小女兒會說說她跟未婚夫的一些趣事，也會寄日常的生活照過來，照片上對方看起來是個成熟有禮貌的青年，渡邊很希望有空過去看看這個即將跟小女兒結婚的女婿長什麼樣子，但頭髮已經花白的渡邊似乎有點不好意思，因為他那一同生下這女兒的前妻常當著他女婿的面說他的壞話，所以渡邊思考過後，他決定只回信，「妳只要有遇到任何困難都可以來找爸爸唷」，小女兒也回信說「好窩」，但事實上，她也幾乎從來都沒有麻煩到爸爸什麼。

渡邊已經年近六十，頭髮花白，最近去醫院檢查攝護腺機能似乎也有了一些問題，儘管如此，他仍然沒有退休，維持著每天上班下班的節奏，回家時不買昂貴的紅酒，也不買時下年輕人在夜店最喜歡喝的那些酒，而是買最便宜的台灣啤酒，有時候一邊喝著一邊看女兒寫的信，有時候一邊喝著一邊看小說或電影。

偶爾跟以前的朋友出去吃飯，大家都老了，最近的話題都變成健康的問題，跟兒媳後輩相處的問題，誰誰誰過世的問題，以及許多瑣事，而渡邊也很願意傾聽大家說的每件事，不論是好的還是不好的，他都會點頭微笑聽著。

有些人會很羡慕渡邊的孑然一身輕；有些人很同情渡邊的生活似乎是有那麼的一點孤獨。

渡邊只是聳聳肩說，就這樣吧，人生也走好一大半了，或許是命吧。

只是，有時候渡邊回家一邊喝著廉價的台啤一邊看著租來的電影時，突然，跟劇情無關的，他會突然想著，「我真的很孤獨啊！」然後就握著空的啤酒罐開始獨自啜泣起來。

無法傷停

而後的日子不知不覺就遠了
背著的擔子漸漸變成身上的一縷裂隙
一下裂開
吹一口痊癒

而後手裡那張為誰寫的信紙就沒有人記得他曾經的樣子
那雙只對你溫柔的手
十年後也會對另外一個人溫柔
不知道的是
我們始終還是能為了另一個人
把日子過得更悲傷一點
學著當一條在沙漠裡暗湧的河

自己濕潤
再自己乾涸

也曾經嚮往風
但落下的卻是雨
在故事完結且被吹得東倒西歪的當下
那些互相暗戀且錯過的日子
終究不能進入傷停

這個城市裡
始終沒有留下持續對他說話的人
在床沿的一頭對著另一頭的抱枕發呆
不知哪一天就習慣冰冷

不再一起生活的狐狸
臨走前提醒我就要下雪了

不再一起生活的狐狸臨走前提醒我就要下雪了
而後所有的日子就漸漸冷了
連我們踏過的足跡也是
沿途就那樣捧起雨水
以為有天會變成你
所以我把他們都裝進保溫瓶
但他們總是一把泥巴抖落
就急於蒸發
我捧著的手愈來愈冷
但他們
卻愈來愈少

而後我終於閉上眼睛
恍如　隔世
是沒曾見過的死寂
你背叛的　拋棄的　丟掉的
全是我們盲目的懸壺濟世裡
自以為是的年輕

所有的膽怯與諾言
日子一燒就流成灰
那些失去名字的枯骨
我也一個個背叛
丟下不懂流浪的夏季
徒步渴死

後來所有的夢愈來愈黑
但我卻一個也記不得

還沒長出花蕊
我就忙著替他們書寫墓誌銘
雖然那些字其實一個都
不適合你
寫的祈禱文多了
依舊會在反覆的黑白裡
碎念你的小名

以為那樣
我就不用走回寂靜的城
尋找你散落的毛筆

而後好多好多名字走過我居住的村落
但總是沒有一個人
像你
一揮毫
就創造了整座山林

棄子

她常常不小心成為棄子。

有一天，交往三年的男朋友突如其來地說「我們彼此還是先分開冷靜一下吧。」雖然總有一些彼此無法接受的缺點，有些東西也常常覺得可能永遠都無法改變，但妳仍相信只要相愛，任何事情都能能迎刃而解，「而且我們也都交往了三年呢。」

過了三個月後，他在臉書宣布要結婚的消息，對象是同公司剛到職滿一年的年輕小妹，他們在臉書貼上合照，臉靠得如此的近，妳只能看著，下面充滿各式各樣的留言「恭喜啊」、「你們真配」，一個上次他見過應該是前男友姑姑的人如此留言，看著那些愛心跟留言的時候，妳覺得自己很糟糕。

在公司上班的時候，雖然不敢說妳是最有理想抱負的那個，但只要老闆吩咐下來，妳都會盡全力把它完成，像個在遠處狙擊獵物的獵人，仔細且一絲不苟地把校準鏡調到一分一毫都不差的位子。客戶的要求總是仔細傾聽，就算下了班，妳也會花時間聽客戶的抱怨與一切。妳自認把生命都奉獻給了工作，也引以為豪。

但在升遷表揚會的時候，分配到升遷的居然不是已經在這個部門做了最久的自己，而是只來了幾年、常常需要自己幫她COVER、最迷糊最容易搞錯事情的同事A，妳內心不平，但表面裝的冷靜。

頭一次走到人資部，妳敲敲門，人資部長看到妳，他的眼神閃過一絲不安，妳試著用溫和的語氣問他說，請問同事A升遷的理由是什麼呢？部長嘆了一口氣，「親愛的，我們其實也覺得妳表現得很好，我也有向上頭推薦妳，但董事會上次來巡察的時候，他覺得同事A看起來有點迷迷糊糊的樣子應該很容易討客戶開心，所以比較適合這個位子。」

「我很抱歉，下次有這個機會時我一定會幫妳跟董事會大力推薦的，再麻煩妳共體時艱一下。」部長擦擦眼鏡，渾身冒汗，說出了那關鍵的四個字「共體時艱」。妳嘆口氣，突然覺得他在說謊，「誰升遷他根本都無所謂吧！」一瞬間妳覺得渾身無力，常常自主加班的自己、總是為客戶犧牲假期的自己，到底是為了什麼呢？妳帶著蹣跚的腳步走出人資部。

小時候，妳喜歡畫畫，姊姊喜歡音樂，有一次，學校的校外教學帶妳們去看畫展，不同於其他沒耐心的小孩子，妳坐在那裡看了一幅夕陽落下的畫，看了一整個校外教學的時間，一個導覽人員經過，妳大膽地拉了拉她的裙角，問她這叫什麼，導覽人員微笑地對妳說這叫油畫。

回家後，妳鼓起勇氣跟媽媽說妳想學畫畫，妳媽皺了眉頭，她叫住了爸爸，跟他交頭接耳說了些什麼，最後媽媽跟妳說。

「其實我們也很想讓妳學阿，但媽媽已經幫姊姊報名鋼琴課了，這樣吧，等妳上國中的時候，我就幫妳報名畫畫班，好嗎？」

雖然還要很久很久以後，但總比什麼都沒有好，妳點頭答應。

妳上了國中，又上了高中，但妳仍沒有去上任何的畫畫課程，媽媽也從未提起，彷彿那天的對話從未發生。

江湖

聖達年過四十，是個傢具貨運司機，他曾經相信江湖。

聖達從事這行已有約十五年的時間，全身瘦的只剩骨頭，會抽菸嚼檳榔也喝酒，從來沒有交過女朋友，當他真的忍耐到受不了的時候，就會去便宜的豆乾屋，找那些年紀大他十多歲的女子解決慾望。

儘管在做的時候聖達經常覺得女生很醜，但礙於自己的口袋深度也沒有其他選擇，所以做的時候他就閉上眼睛，想像小時候暗戀過的女生長相。

他國中的時候成績一塌糊塗，只有美術經常拿到滿分，畫的畫也經常被貼到縣政府的禮堂上，那時候的美術老師建議他可以考慮高中去唸美術班。雖然聖達喜歡畫畫，但像這樣的事情不知為何無法好好對家人說出口，比起來跟兄弟混還更輕鬆一些。

聖達在十七歲的時候入獄，原因是替堂口的大哥背負殺人罪名，「未成年判比較輕啦！」大哥這樣說，那個時候聖達覺得，同年的人裡面大哥選他做這件事情他很驕傲，他是抬頭挺胸走進派出所的。

家人因為這件事情覺得令家族蒙羞，跟他徹底斷絕關係，一次都沒來探監過。大哥也是一次都沒有來，一開始跟他同級的小弟偶爾會來看他，但過了幾年後也一個個消失不見了，最後唯一會來看他的只剩下他的國中美術老師。

聖達相信大哥只是事業忙了，只要等他出去後就會帶著他一起過上風光的日子，他肯吃苦也肯賣命，「大哥知道的」，他總是這樣跟美術老師說，老師什麼也不說，只是搖頭。

七年之後聖達出獄了，他沒回家，家裡早就當他是個死人了。他到處尋找大哥，大哥真的有了事業，開了一間裝潢公司，但大哥事業很忙，聖達每天坐在接待室等著大哥，櫃台也由著他，但大哥從來沒出現。這期間來裝潢公司的客戶聖達沒看過半個，年輕人倒是看過好幾個，穿著黑衣叼著菸染著金髮，每一個聖達都在上面看到自己的臉。

最後有一次，大哥出來時不小心被他撞見，大哥說他已經不混江湖了，聖達問那他怎麼辦？大哥丟給聖達一疊鈔票，「江湖的事，這樣就結清了。」大哥說。

聖達搖搖晃晃地走出那間裝潢公司，原本想跳河自殺，但被路過的人攔下，又被送到了派出所，來接他的是常來看他的美術老師。

他介紹了傢具公司的工作給聖達，也介紹了便宜的出租公寓，聖達就這樣安頓了下來。之後，聖達變得沉默寡言，也變得愈來愈瘦，這工作的十五年來，他一個朋友也沒交過，唯一的興趣是畫畫，他不用任何畫筆，只用手掌粘著顏料，在畫布上拼貼，那些完成的畫在他住的公寓裡愈堆愈高，但他一幅也沒拿出去給別人看過。

有一天，美術老師告訴他，他那天去看《大佛普拉斯》，看到裡面的人時不知為何想到聖達，希望聖達也去看看。

那天晚上，聖達做了一個夢。他帶著美術老師送的票走進戲院，售票員說，想看電影的話必須先回答他的問題，售票員要聖達說說自己存在的意義。

聖達聳聳肩說不知道，「要說存在的理由，我一個都沒有，如果真有什麼要說的話，大概就是為了對得起一直照顧我的美術老師吧。」

「所謂生而為人的最低限度，是確確實實地相信自己是個人噢。而不是某個不存在或不需要的物體，只要能保持這樣的想法，遇到任何事情都能輕鬆一點。」售票員說。

「雖然是這樣說，但要相信我的存在有意義仍是很困難的一件事。」聖達說。

「那只是因為你還沒遇到把這個秘密交給你的人。」

售票員說完之後，聖達指尖的票根開始燃燒，全部變成夢裡的餘燼。

雖然不是所有的心事都是傷心欲絕

嘿，可以愛自己嗎？
雖然說這些話似乎為時已晚但還不算過分吧
嘿親愛的
當你不再那麼討厭自己時
明天的太陽就可以是太陽
而我就會是我自己了
只是你仍舊不會是你
再也不用放任家裡變得比五星級飯店還整齊
跌落地板的醬料
可以更
慢條斯理地清理
嘿你知道嗎？

有天你還是可以大聲地去炫耀你的人生的
像是沒有明天的
像是不害怕別人眼光的
當迎面過來的視線感到疼痛時
就吸光世界上的空氣
不用因為誰而窒息

你可以不用再認識新的一群人
然後又逃跑了
你會找到一個作家
他在拯救自己的時候
也不小心拯救你
然後你會有餘力
去為某個時期的自己懺悔
痛哭流涕
送朵鮮花

再把他安葬

你說的那個不敢去的地方
我其實也還不太了解
或許我到死也不會懂
但我會把過期的機票都撕碎
直到有天你願意踏出門
我們 一 起旅行

寫一個簡單的人

她在渾噩的凌晨吸貓
失去名字的時候
就拿起掃帚
數著地上的貓毛
想著烤麵包時一躍而出的吐司
她反射性的
想把餐桌上所有的吐司屑都擦掉

她住在沒有夢的日子
每過一天
她就能為自己喘口氣
每一天的早晨
都會有人比昨天

更碎裂一些
聽起來不太孤單
她覺得這樣很好

下班回家的途中
她發現公園帶狗散步的情侶變多了
她知道有些人正在被拯救
也有些人
以為自己正被拯救
有些人被困在窄窄的想像裡
也有些人
自以為困住了別人

她寫了一首詩
但又一邊希望自己不需要靠寫詩來拯救自己
她已經不再寫詩了

她覺得遺憾

如果可以的話
她只想寫一個簡單的人
好好工作　不著痕跡的生活
躺進棺材時
沒有出席的親友
也沒有人
會為她掉一點眼淚

沒有全部是烏黑的河，也沒有永遠透明的海

亞里斯多哲習慣在假日的時候讀小說。

他某天在書裡看到一位少女為了確認自身的存在而不停進行援交的故事時，立刻想到了大學時期和一位友人發生的荒唐事情，不，說起來只是聊過幾次天的對象，或許連朋友都稱不上。那件事在當時帶給他心裡巨大的傷痛，但對一個人在都市裡獨居快十年的亞里斯多哲來說，他卻無法跟任何人分享這件事。

一個禮拜後的高中同學聚會裡，亞里斯多哲巧遇了高中時的同學兼前女友，現在已經是另外一位朋友的妻子C。

那個時候亞里斯多哲跟前女友C之間以沒有任何疙瘩的方式分手了，至少他是這樣認為，雖然偶爾還會想到她，甚至剛分手後還會偶爾通電話，聊著生活的瑣事什麼的。那時聊完天的時候亞里斯多哲偶爾會想，或許這就像是新聞上的藝人說分手後還能當朋友的感覺了吧。但隨著時間愈來愈長，兩人的關係就像僅用木質部連接的樹幹，那根樹幹隨著時間風吹日曬變得愈來愈薄，兩人終於從朋友變成不熟的朋友，最後再變成從不彼此抱怨瑣事、但也不互相連絡的前任。再聽到C的事情時，C已經準備跟亞里斯多哲高中時的一位共同朋友結婚了，是一位個性好得沒話說的朋友，他也真心祝福他們，雖然亞里斯多哲偶爾很想念跟C聊天的日子，但現在已經沒資格再跟成為人妻的C說任何事情了。

C在聚會時熱情地跟他搭話（從以前就是那樣開朗的個性），兩人聊起天的時候亞里斯多哲忍不住跟C說了他在小說裡遇到了一個曾有一面之緣的朋友的事情，但卻對誰也無法說起。

「為什麼對誰也無法說呢？」C問。

「因為畢竟只是自己的事情，不只是那樣，就算說出來也會是無聊的事情，那樣的話題，任誰都不想聽的吧？與其造成別人的困擾，不如就把它全部吞掉吧。」亞里斯多哲說。

「但你今天卻還是跟我說了對吧？」C嘆了口氣。

「你從以前就是這個樣子阿，很喜歡自己解決事情，但這世界上一定存在著一些自己無法吞噬的東西，我們並不像牛一樣有四個胃，不舒服的東西先放到一邊等他慢慢消化，那樣子的事情人是辦不到的。」C說。

「但我並不想造成別人的麻煩。」亞里斯多哲說。

「阿哲，你知道，這個世界上肯定存在著願意聽你說話的生物，就算是無聊的事他也會願意聽，不要太相信所有人都是善良的，但也不要相信願意理解你的人並不存在，我們是活在會流動的水裡的人啊，沒有全部是烏黑的河，也沒有永遠透明的海喔。」

「如果是這樣的比喻，那我也許就比較懂了。」亞里斯多哲說。

「你若不伸出手的話，別人也不知道你需要他拉一把喔！」C說。

差一點我就相信

差一點我就相信
關於你所描述的
無與倫比的美麗
後來我才瞭解
你跟那些宗教狂熱者
都只是意圖使人安穩的柔軟
像是在床上凹陷下去的枕頭
他安靜的躺著
一如我活著

我走過沒有名字的街口
一對兄弟坐在長椅上和平的滑手機
沒有打架、沒有爭吵

他們是否知道身邊那個有點煩的傢伙
未來
會離你而去
有一天他會身穿西裝
不耐煩地坐在鈴聲與鈴聲交替的電車裡
把他的手機當成
唯一的兄弟

一首歌還沒唱完
你就忽然地從水裡爬出
變成沒有名字的大人
長出尊嚴與自卑
性慾與焦慮
學會了
就算胸口被開了一槍
也要往前爬下去

在我偷偷和你接吻的時候
小時候養的鸚鵡從空中飛過
他沒有跟我說什麼
當我上岸的時候我跟他說
你要學會沈默
寬容地對待美好
因為看起來假的東西
久了 可能也會成真

曾經路過也恰好埋葬過

當你從萬古長夜重新醒來時
營火晚會早就結束了
他們留下的灰燼
把你背叛的
一點不剩

於是你
開始過淺淺的日子
遇見事情時不把話說死
開始不讀悲傷的詩
了解存活比真相重要
開始不期待末日
不問別人是否需要擁抱

也同樣不問自己
是否需要

你不再對人說晚安了
也不在乎兩人獨處時的靜默所累積的汙垢
只有在別人對你展示脆弱的時候
才暗自竊喜又
贏了一次

後來我把名字燒了
你以為有些日子曾經走過
但你只是路過
也恰好把自己葬過

日子很婉轉
其實我們都還未冷卻
只是習慣失約

女作家

當我跟那個女作家見面的時候，她經常說著一般人不常用的詞語。像是什麼呢？我記得我大學時讀電機系的學長會把「笑死」掛在口中，我也有朋友偶爾會把網路上通俗的日常用語「太神啦」拿在生活中使用。

那位女作家跟我說話的時候，她會不經意地使用相當古老的詞彙。我想她自己可能沒有發現。

她說的第一個讓我印象深刻的古老用語是書寫。

「書寫」，當她在描述寫東西的時候，她是使用這樣的一個詞語。這是我印象最深刻的片段。她不說「我在寫東西」，她只說「我在書寫」。

「有時候我書寫的狀況不太好，有時候我書寫的狀況很好。」

她很喜歡這樣說話。

或是她也很喜歡「仿效」這個詞。一般人會更喜歡講「模仿」或是「模擬」，當我第一次聽到這句話的時候，一時間不太明瞭她的意思。

「當我十六歲的時候，我仿傚了我那時很喜歡的作家，寫了一段大約九百字的草稿，雖然後來覺得寫的東西很愚蠢，但我還是仿效了他，而且，因為著作權的關係，我並沒有公開過那段文字。」

她那時候是這樣跟我說的。

我接觸過許多作家，每個作家的個性都不太一樣。有些人像林黛玉、風一吹就會倒；有些人則跟一般人印象中的作家扯不上任何關係，他們活力充沛，喜歡接觸人群，跟印象中總是把自己關起來、與孤獨為伍的那種作家，截然不同。

雖然接觸過很多不同的作家，但對我這個編輯來說，生意就是生意。

出版社指點了我該做的事情。尋找會賣的故事、作者的年齡、長相，對作品修改的容忍度，市場的發燒題材，當然，最重要的還是他的文字。

我尋找著有機會大賣的故事，跟其他編輯開會，覺得不錯的，就盡可能包裝、捧紅他，當然，如果他沒有實力，再怎麼捧也是一樣。

第一次跟這個女作家見面的時候，我就知道，她有憂鬱症。我相信是很嚴重的那種。當我閱讀她的文字時，我能深深感受到她內心的絕望與痛苦。

這樣的故事，我不知道會不會賣的好，雖然一切沒有一定，但我對於這本書沒有自信。看了會很難過的書，沒有市場炒作的話，通常賣書率不高。

但當我第一次看到這位女作家的時候，她表現得就像是一個正常人。人有很多種面向，我知道。這個女作家，講話很慢，有時候我會覺得，她似乎有一點語言障礙，只能用著古老的語言在說話，或是，她不知道幾百年沒跟任何人講過話了。

跟這樣的人講話的時候，我通常不會選擇太激烈的用語。大部分的作家都是挺害羞的。而他們寫出來的作品可能就是他用盡所有的時間、所有的一切，最後再把他赤裸裸地攤在你的面前，若是說話銳利，他的一切可能就瞬間被你摧毀。

我告訴他，故事很棒、內容很棒、文字很棒，但故事有點太悲傷了，如果可以的話，我希望能讓故事改的稍微不要那麼難過，市場會比較接受。

她靜靜地看著我，一言不發。

「那是我的僅有的一切。」她看著我，一字一句，緩慢地說。「但，好吧，我會試著改的。」她露出勉強的微笑。我經常覺得，她的每個笑容，都很勉強。

一個禮拜後，她把改過的稿子傳給我，變得不再那麼憂傷，但卻失去了原本的感覺。我再度約了她出來。當我把我的想法跟她說的時候，她露出了報復式的微笑。「你看吧，我早就跟你說了。」她臉上的表情是這麼寫的。

兩個禮拜後，她又傳了另一封稿件過來。是另一個修改過、快樂版本的故事，而且內容我覺得不錯，其他編輯也都一致同意。當我打電話跟她聯絡出書事宜並準備恭喜她時，接起電話的是她的母親。

「她昨晚自殺了。」她母親靜靜地說，沒有責怪我或生氣的意思。

我張口結舌。

「她的遺書說，不論你出版哪一個版本的書都沒有關係，但我的告別式時，希望你能把悲傷版本的故事印出一本書帶來。」她母親講話沒有溫度。

「我知道你們對快樂版本的故事比較有興趣，希望出的是快樂版本的故事，但無論如何，悲傷版本的故事請你把他燒給我。這是我唯一的希望，也是我在這個世界留下的唯一一道影子。」她母親像打字機一樣把遺書唸完。

「我講完了，告別式的時候我會再連絡你。」她母親不等我說一句話，就掛上了電話。

流浪草

在難得溫暖的冬季
終於使盡力氣
彎下腰
把自己給拾起

你知道他們從來沒有接受你原本的樣子
所以把頭低下
讓出土壤
再去流浪

相信偶爾迷路的小確幸
但別太過留戀
打在身上的雨滴

即使解了你的乾渴
他最後還是要
滲回地底

最美好的終究是記憶
明明是同一首歌
卻總是有些人哭的
那麼傷心

廉價的交換

那個時候，他覺得心很貧瘠卻無能為力，什麼都是空的，像是對乾枯的井底丟水桶，但撈出來的卻經常只有淤泥。某天早上洗臉的時候，他被鏡子前的人嚇了一跳，明明原本是圓潤的臉龐現在卻瘦了下來，像是被削尖了一般，變成隨時會刺傷人的形狀。

他躲到床旁邊呆坐，仔細想著自己跟以前到底有什麼不同，為了迎接這個社會帶給自己的試煉，他變成了一個不苟言笑的人，即使遇到了快樂或痛苦的事情，也不能輕易展露出表情，當看見剛進公司的大學生時，他會隨即想起以前的自己，同時又不禁在內心暗笑你們要受的苦還多著呢，就像當時的自己一樣。

如果不把自己武裝成身穿盔甲的士兵，像是踩地雷般時時注意且小心，那下次拿著箱子低著頭收行李的大概就是自己了。如果是這樣的話，那他需要照顧的父母、總是喜歡比較的同濟、將來的老婆該如何是好？

但實際上，家裡的父母並不需要他的金援，他們早已規劃好如何不帶給孩子負擔的人生，每次聽到不用寄錢回家而是希望他多回來走走時反而更氣，「難道我現在賺的還不夠多到讓你們覺得光榮嗎？」總是草草掛斷電話並無視父母提醒他要多回家這件事。

大學畢業的朋友也早已不聯絡了，他忘了是從什麼時候開始，他們那一群人就再也不聯絡了，即使偶爾從臉書上得知對方的消息，卻也沒主動去按讚或是搭話，想起以前的種種，看著他們的拍照打卡，怎麼可能會有人記得我呢？無數次的夜晚，他拿起手機又放下。

大學交的女朋友早就分手了，是他提的，理由瞎的跟狗屎一般，他知道，那個女生跟她的閨蜜肯定都在罵我，但當時的他看見別人的高薪就會怨恨起自己的無能，賺錢、花錢、賺錢、花錢，「妳值得更好的」這句話他從來沒說出口，他無法接受看似一事無成的自己，卻也忽略女生願意跟他一起努力的心，男人無可救藥的自尊就是這樣子無聊的東西。

他看見她的臉書去了很多地方，他覺得他現在沒有很富有，但也還算不錯了，他想把她追回來但卻不敢，想起幾年前對她說過那些無情的話，他看著她出國玩的照片和笑容，不知道是不是跟某個男生去的，心上不知是否還殘留他說出分手時的陰影。

所以就管他去了吧，他開始使用交友軟體，跟不認識的女子聊天，他很快地就掌握技巧，約了各式各樣不同的女孩子出來，他有時候覺得很得意，一邊做愛的時候一邊內心對不同的女子品頭論足，床上的樣子、胸部的大小、做愛時說的話。有一天他穿上衣服準備離開時，他突然了解這些女子也正對他做著一樣的事，性器官的長度、聲音是否低沈、肌肉大不大、手指頭是否好看。他覺得自己很廉價，也很憤怒，但其實他們沒有欠對方什麼，兩個人都是廉價的交換自己的需求，但心裡的憤怒從未消失過。

他升遷的時候，同事都為他鼓掌，他站上台，看見台下的人，有跟他一起競爭這個職位的人不情願地拍手，跟隨他的小弟每個都露出一臉諂媚的樣子，原本站在中立的老員工也一個個迎著笑臉對他聊天。

有人是真的為了他的升遷而高興的嗎？

想起這些，他頹喪地倒在床頭，剛好看見浴室裡鏡子前的自己，那個倒在床頭的男子究竟是誰呢？

他不知道，他認不清。

多想變成他

所以他把原本的位子留在那裡，既沒有說那個位子屬於誰，也沒有說他想把那個位子交給誰，一句話也沒說，一封信也沒留，像個叛徒似地走了。

其實你知道他從來就不是個叛徒，只是內心不禁會這樣想，他擁有你所崇拜的一切，你內心的嚮往，面對事情時沉默且冷靜的態度，許多棘手的事情他只要說了一遍解決方法，好像就都不再是問題，明明就是個沉默寡言的人，但大家居然都願意聽他說話，偶爾會迸出幾個笑話，那樣嚴肅又有才華的人居然也有這樣可愛的地方。

你討厭自己。

你想變成他。

你恨死自己了，嚴格來說也不是真的很恨，只是大概有百分之七十的時間你都覺得自己矬，面對抉擇時選不出來你覺得最正確的答案。當你決定要買壁紙的時候你會因為花色而猶豫一個禮拜最後放棄；當別人用挑釁的語氣對你說話時，你會臉紅得想不出反駁的話。我想變成他，你在夜裡對自己說上千百次，換上那張臉，就可以像他一樣用同樣自在且沒什麼所謂的語氣，面對所有你覺得看似困難的一切。

你模仿他的穿著，模仿他做過的事情，學他說話的語氣，當別人突然露出你也曾經露出那種愣住的表情時，你不禁在心裡歡呼，你變得更像他了，又多肯定了自己一點。

但他就突然離開了，沒有一句道別也沒有留下一絲訊息，你不禁覺得被背叛了，但其實他也沒有真的背叛你什麼。時間到的時候，滾水壺裡的水煮沸了，自動就會變成蒸氣漂走，你只是把他錯當了沙灘上的棕梠樹，以為他從以前就在那，現在、以後也都會。

你終究是你，他終究還是他。還是當不了別人，不管有多想。

能做的終究只有勇敢且孤獨的行路，路上如巧遇相知相惜的夥伴就把他視為珍藏。

但剩下的日子都在扯謊

你幻想能真的擁有一個家
那個家幻想自己能擁有四根木樁
但夢都短暫
一過春夏他就連滾帶跑地爬
你不了解　他就習慣

而後的我們沉默
日子是輸給了生活
不是輸給了你我
但誰是猛獸
你吞掉的你撕裂的
我也曾以為
那是所有人都愛的

所以沒有人擁有真正高明的眼神
能看穿他所有的悲傷
但也沒有人在乎你的
在沒有星光的晚上站在鏡子前對自己親吻
幻想會有個人從另外一個世界伸出手
給你擁抱

你以為吞掉了名字
就能不言不語
裝瘋賣傻活過一個世紀
但愛麗絲的貓已經迷路
紅心皇后也早就忘記有你這個仇人了

終於你意識到所有的人都能套用同樣的一個行為模式
一起譴責那些你不怎麼認識的人
也習慣性地對人說謝謝

每天經過身邊的人很多
但你一個也記不得

明天始終是個另外的日子

如何成為一個很好的人
在你被刺傷的時候
給你擁抱
為你舀起　流了一地的紅

但你的帳單裡都是別人活著的證據
我捧起的雙手也結滿了愛人與仇人的繭
如果不切切提醒自己明天始終是個另外的日子
我就無法忘記
我曾經受過傷
流過血
也掐死過人

如何成為一個更好的人
如果不是獨自拖著歲月靜行

要如何
對傷害你的人展現同樣的笑容
為看見灰姑娘就忘了你的王子
持續努力不懈地編一件殘破的衣裳

明天始終是個另外的日子
只是到了那時
我也就是
另外的人了

雖然孤獨但習慣

有一陣子他覺得人生被工作占據了，他覺得很喪氣，放假的時候不小心就睡到了下午兩三點，醒來以後給家人打通電話，又倒頭回去睡。起來時已經快晚上了，卻也還是覺得累。勉強起來把家裡打掃乾淨（簡直像某種強迫症似的），雖然line上面還有幾件事情要處理（只是些微小的事情），卻一句話都不想回。坐在電腦前抱著咖哩飯看著電影，心裡想著大部分的人都是這樣變老的，其實在這樣的年代，擁有工作已經是很幸福的事情了，雖然是在安慰自己，但這些話心裡也確實一句都不想聽。

很久沒有跟一些朋友見面了，雖然是寡言且習慣孤獨的人，大部分的時候也都習慣跟自己相處，但確實也有想見的人。打電話給朋友A的話大概三天後才會回復，接起來也是抱怨工作的瑣事，有時候會覺得煩躁，但有時候會進入會互相嘲笑對方的模式。那個時候他覺得很放鬆，也能好好地笑，當一個男人對另外一個男人說「幹，你真的很智障」那種時候，通常代表他已經認同你了。聊的事情也沒什麼所謂，偶爾會聊聊看過的電影，但更多的時候講的話都沒有任何意義，但依然能獲得快樂。

他並不覺得自己老，但也不年輕了，買了新的手機用了三天最後還是決定退貨，他是不是逐漸進入被這個世代淘汰的邊緣，像那些洪流變成逐漸衰老的人，他不太清楚，但不習慣就是不習慣。

他最近開始研究股票了，其實應該更早開始研究這些東西的，但他還是沒那麼理解而小心翼翼，也許更早開始理財日子會過得輕鬆一點，但他知道就算有了一點錢，他還是會每天去上班。上班的路上會經過一些豪宅，他想著他其實不用住豪宅，只要能買得起一間有電梯的大樓、有管理員的公寓他就心滿意足，也能度過餘生。

有時候他看著那些很年輕的人喜歡自嘲自己是老人，他知道這個世界上願意開這些玩笑的，其實並不是真的覺得自己老，只是用一種戲謔的方式在看待這個社會，真的感覺到自己老的人是會害怕的。

他對因為最近工作太忙而遲交稿感到抱歉，即使目前大家都很好心的沒有人來催稿，他依然感到些許壓力。他開始想著一直在做的事情，如今他仍然不知道自己算不算是一個作者，只是試圖完成所有看得起他的人交付的任務，在裡面加一點自己的想法就能得到滿足。他好像一腳踏入了某個地方卻也不太算，對半精靈坦尼斯來說，人類說他是一個「半精靈」，但精靈卻說他是「半人類」。

某天連假的深夜看電影到早上五點，覺得差不多可以來寫歌的時候卻接到公司的電話，說有位同事臨時請假可不可以請他去代班，那樣的瞬間讓人覺得崩潰。

嘿，但他至少還活著，大致上沒有什麼疾病，工作也還算順利，雖然很孤獨但很習慣。雖然經常覺得疲累與無力感纏身，但他想靠他任性的文字拯救某些突然路過的人，就像他曾經被某些作者拯救那樣。

但親愛的七月不是永生的年月

七月的節日剛過
你就開始期待明年
但沒有太明顯的特徵
提醒你明年同樣值得想念

紅色的止痛藥
搭配廉價的抗生素
配偶欄上的空白
所有有需求的東西都會被販售
在買買賣賣的日子裡
看著我們的名字
變成一團團毛線

在什麼事情都炙熱的歲月
談論那些自以為只有我們知道的電影
在幻想裡高潮
假裝我們都嫉惡如仇
假裝某些人應該被譴責
假裝我們的公平正義
都是日曆上的註記

戴上不配愛人的眼鏡
在冷氣壞掉的室內站上一整天
所有收銀的地方都有汗水
把那個人所有的缺點細數一遍
詔告全世界
不懂的人輪流吐一口口水
他就在沒有帆的小舟沉沒

但親愛的
七月不是永生的年月
不是每個被你摧毀的人
都會在你想起他的七月
重新復活一遍

有些人並沒有真的死透
只是 不曾再醒來過

高樓

那時你總說要從那上頭
一躍而下
失去聲音的海綿墊
不曉得還有沒有辦法接住
你淒厲的柔軟

而總有那麼一座高樓
讓人瞬間就失去了所有
也有一座城市
輕易就困住了你年輕時的樣子

而後來的天空我就都不再望了
也不在意曾經有鳥掠過

推開的飯盒是適合保持失溫的樣子
隨著電車搖晃保持冷漠的節奏
我也曾經相信
這個城市他是灰色且擁擠的

曾和你一起
爬了一萬步的階梯
只為了摘下卡在天台水泥縫的蒲公英
一起濕的汗
就想像都是我為你流的
不論白天或夜晚

後來天氣就漸漸冷了
不知為何我就相信了
你家的多肉植物對我說的最後一句話
可能不只是個謊

如果還有來生
帶我走

那才是我們除了啤酒以外所擁有的一切

作　者——李睿哲
主　編——林巧涵
責任企劃——蔡雨庭
美術設計——吳佳璘
版面構成——林曉涵

第五編輯部總監——梁芳春
董事長——趙政岷
出版者——時報文化出版企業股份有限公司
一〇八〇一九臺北市和平西路三段二四〇號七樓
發行專線——（〇二）二三〇六六八四二
讀者服務專線——〇八〇〇二三一七〇五
（〇二）二三〇四七一〇三
讀者服務傳真——（〇二）二三〇四六八五八
郵撥——一九三四四七二四 時報文化出版公司
信箱——一〇八九九臺北華江橋郵局第九九信箱

時報悅讀網——www.readingtimes.com.tw
電子郵件信箱——yoho@readingtimes.com.tw
法律顧問——理律法律事務所 陳長文律師、李念祖律師
印刷——勁達印刷有限公司
初版一刷——二〇二二年十二月九日
定價——新臺幣三八〇元

時報文化出版公司成立於 1975 年，並於 1999 年股票上櫃公開發行，
於 2008 年脫離中時集團非屬旺中，以「尊重智慧與創意的文化事業」為信念。
ISBN 978-626-353-216-8 Printed in Taiwan

那才是我們除了啤酒以外所擁有的一切/李睿哲作.
-- 初版. -- 臺北市：時報文化出版企業股份有限公司,
2022.12 面； 公分

ISBN 978-626-353-216-8(平裝)

863.4 111019234